sapientia
サピエンティア 39

言葉と爆弾

The Word and The Bomb

ハニフ・クレイシ［著］
武田将明［訳］

法政大学出版局

THE WORD AND THE BOMB by Hanif Kureishi
© Hanif Kureishi, 2005
Japanese translation rights arranged with
Hanif Kureishi c/o Rogers, Coleridge and White Ltd., London
through Tuttle-Mori Agency, Inc., Tokyo.

言葉と爆弾　目次

凡例

一、本書は、Hanif Kureishi, *The Word and the Bomb*, London: Faber & Faber, Limited, 2005 の全訳である。

一、原文中の引用符は「　」で括り、大文字で記された文字等についても「　」で括った箇所がある。

一、原文中でイタリック体で記された箇所は、原則として傍点を付した。

一、訳註は〔1〕というかたちで通し番号を付し、巻末に掲載した。

一、引用文献中で邦訳のあるものは参照したが、訳文は文脈にあわせて適宜変更している。

一、原著の明らかな間違いについては、一部訳者の判断で訂正した箇所がある。

一、作中に出てくる主要な人物については、巻末の人名索引でまとめて紹介した。

1

言葉と爆弾

ぼくが読んで育ったイギリスの作家はたいてい大英帝国と植民地主義に魅了されていたし、それを作品の題材にするのをためらったりしなかった。E・M・フォースター、グレアム・グリーン、イーヴリン・ウォー、J・R・アッカリー、ジョージ・オーウェル、それからアントニー・バージェスも、みんな執筆生活のほとんどの期間、いろんなやり方でこの分野とそれに関係する数多くの問題に取り組んだ。

ロンドン郊外で、インド生まれの父とイングランド人の母と共に暮らしていた少年期、ぼくはイングランドを舞台とする作品を、つまりぼくの置かれた状況をハッキリさせるのに役立ちそうな作品を読むのが好きだった。人種差別はぼくにとってリアルだったけれど、大英帝国はそうじゃなかった。お気に入りの作家はコリン・マッキネスとE・R・ブレイスウェイトで、ブレイスウェイトの『いつも心に太陽を』を学校で机の下に隠して読んだときは、すごく感動した。でも、アメリカの黒人作家と同じ意味をもつイギリスの作家はいただろうか？　ジェイムズ・ボールドウィン、リチャード・ライト、ラルフ・エリソンみたいな作家は？　帝国の出現とともに、イギリス人の生活は根本的で決定的な変化を遂げたけれど、いまやそのつけが本国に回ってきたように思える。その変化を書き留めた作家は、果たしていただろうか？

　奇妙なことに、現代のイギリス作家のほとんどが、イギリス本国に見られるこの手の問題とかかわり合うのをあいも変わらず避けている。人種、移民、アイデンティティ、イスラムといった問題——近年ぼくたちの心を占めている実に広範な話題——は、V・S・ナイポールとサルマン・ラシュディのような先駆者に続いて、新しい世代のイギリス作家が活躍しているにもかかわらず、ぼくと同世代の白人作家の作品からは抜け落ちていた。

　ほとんどの作家は主題が作家を選ぶと主張するだろうが、これはまったく正しい。何に関心を寄せるときでも、作家は説明できない理由によってそうするのであって、執筆とはしかるべきところにぼくらを連れていく実験のようなものだ、というわけだ。あらゆる作家の使命は世界を自分の見たとおりに描くことだ。それによって、世界が表立って宣伝している以上の何かを示すのである。ジョー・シャプコットは、「狂牛病の牝牛の反論」という詩のなかでこれを見事に言いあらわしている。「わたしの脳はまるで蜂の巣箱／巣穴からずっと聞こえるささやき声が／この道だ、この道を進めと告げている。」

　戦後、人種は――いまでは宗教も――議論の主題になった。この主題をめぐり、個人の立場と社会の立場から、ぼくたちにとって最も重要なことは何か、他者の何がぼくたちを怯えさせるのかが論じられている。人種は、言論の自由と「憎悪《ヘイトスピーチ》」の言論について考えるきっかけとなる。また差別の撤廃、つまり社会を機能させるためにぼくたちはどうあるべきなのかについて、さらに「よそもの」という発想についても、考えるきっかけを与える。ぼくたちは人種という概念をさまざまなものを論じるのに用いている。教育を論じるとき、たとえば子供たちは何を知ればいいのかを考えるときに。国家のアイデンティティを論じるとき、すなわち、そもそもぼくらにアイデンティティは必要なのか、またアイデンティティなる概念が何を意味するのかを考えるときにも。性のあり方を論じるとき、たとえば他人に特定の性的な好みや能力を当てはめるときにも。さらには一国民としてぼくたちが世界に占める立場や、ぼくたちの価値観に考えをめぐらすときもそうだ。他方で、どこか謎めいた多文化主義という話題を扱いながら、ぼくらがどれだけ他者と混ざり合い、ごちゃごちゃになっているかを考えることもある。あまりにごちゃ混ぜだから、多様性を備えた他人を見れば不安でしょうがないし、さらにまずいことに、自分たちが多様であることにも不安を覚えてしまう。しかし政治家には言えることや考えられることの範囲が限られているので、文化的な対話を絶やさず、みんなが社会になじんでいくために、ぼくらは芸術家や知識人や学者を必要としている。

それなのに、文学では奇妙な人種隔離政策《アパルトヘイト》が推進された。戦後イギリスの人種と宗教の変化を新世代の「ポストコロニアル」な集団が探究する一方で、残りの人たちはこの主題に手をつけなかった。イギリスのテレビ、映画、演劇がこれらの問題の探究を――しばしばそれを包みこむ沈黙の不自然さも含めて――義務と見なしたとき、グレアム・グリーンに続く世代のイギリスの作家たちはこの問題でしくじったり、無知をさらけ出すのを怖れているようだった。自分たちには書くべき「深刻な」問題がないと不平をこぼし、もっと差し迫った主題をもつアメリカの作家を羨んでいたというのに。

このアパルトヘイトは必ずしも無自覚なものではなかった。サルマン・ラシュディは、「英連邦《コモンウェルス》文学は存在しない」と題された一九八三年のエッセイで、恩着せがましい「コモンウェルス作家」なる名のもとに一部の作家を周縁に押しこみ、排除しようと企てる文芸ビジネスの有様を描いている。そこで目論まれていたのは、英語の文章の純粋さを守り、イギリス文学の領域を「ずっと狭いもの、局所的で、民族的で、ことによると人種差別的でさえあるもの」に変えることだった。

どうやら人種はイギリスにおいて新しい主題ではないらしい。スクデヴ・サンドゥが、その充実した研究書『ロンドン・コーリング――黒人作家とアジア系作家はいかに都市を想像したか』において、一八六七年の『タイムズ』紙への投稿記事を引いている。「この島に生粋のイングランド人というものなどほとんどいない。かなり俗用され、不正確この上ない『アングロ・サクソン』という言葉に代わり、私たち国民の呼称は、厳密を期すならば、十数種もの民族名を混ぜ合わせたものになるだろう。」

E・M・フォースターにとって、大英帝国は多様化の問題というより権力の問題だったので、結果として人びとは互いを永久に遠ざけ、離ればなれになった。『インドへの道』の最後、イングランド人フィールディングとイスラム教徒の友人アジズが馬で遠乗りをする。フォースターはこう書いている。「社会には彼らの出会いの場はなかった。（中略）いまフィールディングに、たったひとりの迷えるインド人のために同胞をすべて敵にまわす勇気などあるだろうか。彼にとってアジズは記念品でもあれば戦利品でもあって、ふたりはお互いを誇りにはしていた。それでも彼らは別れるほかないのだった。」他ならぬアジズがこう叫ぶ。「みんな出ていけ、タートン家のやつらも、バートン家のやつらも。」さらに「汚らわしいイギリス人などは、ひとりのこらず海へ追い落としてやる」と[1]。

ジョージ・オーウェルはこの問題にメスを入れ、政治権力による支配はどちらの側にも屈辱をもたらすだけだと述べている。「象を撃つ」という彼のエッセイはこう幕を開ける。「南ビルマのモールメインで、私は多くの人びとに憎まれていた――こんな事態になるほど重要な立場にあったのは、生涯でこの時だけである。」このありがたくない立場がどんな結果をもたらすかを、オーウェルは容赦なく描いている。役人として暴れ象を仕留めるために送り込まれた彼の後を、「二〇〇〇人」もの群衆がついてくる。イギリス人がどう振る舞うか、興味津々なのだ。彼は自分が「滑稽なあやつり人形」になったと感じる。現地の人たち——「嘲るような黄色い顔」——がやりたいのは、彼を笑うことだけなのだ。でも他にどんな反応ができただろう？　のちにキプリングについて書いたとき、オーウェルはこう言っている。「地図が赤く塗られるのが主に苦力《クーリー》を搾取するためだと、彼は気づかなかった〔2〕。」

フォースターとオーウェルの頭の中では、「有色」人種がイングランド人より劣っていることは常に明らかだった。有色人種に対等の価値はない。これから先もずっと。肌の色だけでなく人格においても、白人が絶対の基準《ゴールド・スタンダード》なのだ。もっとも、オーウェルは帝国が（きっと移民についても同様に考えていたと察するが）経済を根拠としていることを分かっていた。帝国とは国家を豊かにする手段なのだ。帝国は万民を同質化する使命を負う道徳的な十字軍だと考えたりできない以上、上手くやるには非情でなければならない。彼が象を退治するよう求められたときのように、しぶしぶおこなってはいけないのだ。象が大英帝国でオーウェルがイングランド人の代表だとしても、彼はこの容易に片づかないものを清算しなくてはならない。そして象はいまでもぼくたちと共にある。

ぼくの幼少期から青年期にかけて、イギリス社会における不和は常に階級と階級間で生じる闘争をめぐって形成されていた。労働党はこうした衝突のなかで育ち、党の存在根拠はそこにあった。でもそれからテクノロジーと大量消費がぼくたちの神になった。いまや人びとは政治をめぐって対立などしていない。もう政党はひとつしかないのだから。対立は断片化し、組織化されず、情熱も目標もない。今日のイギリスにおける真の不和は政治的なものではなく、階級に基づいてさえいない。代わりに人種と宗教をめぐって、搾取と屈辱と政治的な無力の歴史を背景として形成されている。

フォースターのアジズは望みを叶えた。イギリス人はインドを去ったのだ。しかし彼らが急に去った後の空白のなかで、誤った政治と専制がおこなわれた。あの地で誰が、貧民の要望に本気で応えようとしただろうか。ぼく自身、一九八〇年代はじめにパキスタンを訪ねた際、年配の人びとが大英帝国の支配をいまだに望んでいるのを聞いて困惑したことがある。パキスタンはイスラム神権政治に傾きつつあり、誰もそれを止める術を知らなかった。アメリカ人は左翼を警戒するばかりで、モスクの深刻な影響力に気づかなかったのだ。

第三世界でイスラム過激派が勃興した主な理由のひとつに、金融と政治の腐敗が挙げられる。しかも言論の自由が存在せず、どんなに穏健なものでも政治に異議を唱える場が用意されていなかった。たとえばパキスタンという国家は、いつでも崩壊の危機に瀕していた。カラチにいる親族は「万一に備えて」西洋の口座に金を貯め、イギリスと合衆国で子供たちを学ばせた。

政治家の階級と金持ち連中が金を掠め取り、親族ばかりを贔屓にし（パキスタンでジャーナリストをするオマール叔父は、ヘミングウェイの『日はまた昇る《ザ・サン・オルソー・ライジズ》』をもじって、これを「義理の息子もまた昇る《ザ・サン・イン・ロー・オルソー・ライジズ》」文化と呼んだ）、しかも自分たちは脱出の手段を確保していたので、そんな特権を持たない人びとは、モスクとそこで遠慮なく批判をする聖職者の周りに集い、政治への抵抗を組織していった。多くの革命と同じく、圧政からの自由への道は、さらなる圧政への道となる。それはよい顔をした暴政――「不正義」の暴政に対抗する「正義」の暴政だ。

アジア系イギリス人の若者たち、「俺の子が狂信者」と『ブラック・アルバム』でぼくが描いた敬虔なイスラム教徒たちは、祖国のこうした腐敗を自覚し、自分たちが西側で恵まれた環境にいることにしばしば罪悪感を抱いている。父祖の土地での腐敗もまた彼らが正そうと望む不正なのだ。

一九七九年のイランにおける王政の終焉と革命は宗教による独裁政治を生んだが、少なくともイスラム教が政変を引き起こす力を持つことを明らかにした。しかし、西側の多くの人びとがイスラム過激派の強硬な力に気づいたのは、一九八九年のラシュディに対する死刑宣告《ファトワ》のときだった。イスラム教徒の若者はぼくにこう言った。俺たちは『悪魔の詩』の出版を差し止めることにも著者を消すことにも成功しなかったけれど、俺たちの糾弾がどれだけの力をもつか、団結すればどれだけのエネルギーを生み出せるかが分かったと。イスラム教徒の作家シャビール・アクタルは、『ムハンマドに気をつけろ』でこう認めた。「ラシュディ事件は、結局のところ、神に身を捧げる狂信主義の問題であるのは確かだ。」

こうした若者たちは高い政治意識をもち、しかも情熱的だ。自分たちだけが美徳を備えていると信じ――この美徳は神への服従によってのみ得られるのだが――大義のためならば命も捧げる覚悟ができている。かつて平等のための自分たちの見取り図――社会主義のことだ――にどれだけ熱狂していたかを忘れ、ぼくたちは彼らの熱意と連帯意識、不正への憎悪、さらには社会を変革する決意にただ衝撃を受けるばかりだ。宗教的革命家が歴史に登場するのは久しぶりのことだ。南アメリカの解放の神学——教会は反体制左翼を代弁する場所として用いられた——を除けば、注意に値する宗教といえばおとなしいニューエイジか統一教会のような右翼のカルト教団と長年相場が決まっていた。マーティン・ルーサー・キングですら、ぼくたちは宗教指導者というより黒人指導者と考えていたのである。

ぼくたちから見れば、宗教への献身は、それが政治にも絡んでいればなおさら、解放ではなく啓蒙と近代の拒絶につながるものだった。これとつきあうにはまずどうすればよいだろう。自分と異なる人びとを尊重しようと言うけれど、あまりに違う人たち、たとえば妻を監禁するような人たちとは、どう共存すればよいのだろう。

急進的な信仰をもつ若者にとって、イスラム教への過激なまでの帰依はさまざまな恩恵をもたらした。それはまず彼らを苦しみから護ってくれたうえに、かなり誇らしい気持ちにもしてくれた。彼らは酒も飲まず、ドラッグにも手を出さず、おなじ世代の白人が時に陥るような悩みと無縁だった。それでいながら、彼らは反逆者になることもできた。親よりも熱心なイスラム教徒であることで——親を非難することも辞さずに——彼らはイスラム教徒の群れに身を置きながら、同時に侵犯者にもなりえたのだ。不服従にしてなおかつ模範的であるなんて、難度の高いマジックのようだが、カルト教団や政治団体に入会することは両方の願望を満たしてくれる。ピューリタン的な厳しい信仰をもつ若者は、自分の父に逆らっていても、絶対的な「父」の法に従うことができるのだ。彼らは美徳を備えた良い子でありながら、反抗している。

　こうした若者は、決してイギリスのイスラム教徒の代表でもなければ多数派といえるわけでもない。今年のことだが、ぼくはテレビの短いドキュメンタリーを制作していて、この国のいろいろな場所でカメラを回し、たくさんのインド人ウェイターを取材した。幼いころからインディアン・レストランで食事をしてきたので、いつも物静かで目立たない人たちが何を語るだろうかと期待が膨らんだ。ぼくから見れば、シタールの曲が流れ、壁紙に模様が描かれ、タージ・マハル廟の写真が壁に飾られたインディアン・レストランは、この国に住む普通の人のために植民地の雰囲気を再現してくれていた。もちろん、その雰囲気は「ディズニー化」され、元の魅力をいくらか保ちながらも、薄められ、イギリス人が受け入れやすいものにされていたが。

ウェイターの多くは熱心に仕事をしていた。客に食事を提供するのは、彼らにとって大切なことだった。ずっと真面目に働いてきたし、彼ら自身、さもなければその家族は、移住のもたらすトラウマに耐え忍びながら、この国に居場所を見いだしてきた。彼らはイスラム教徒だった。彼らは祈り、モスクへ足を運んだ。しかし、シャビール・アクタルが言うように、「たいていのイスラム教徒にとって、イスラム教は『金曜日の宗教』である。」彼らが望んだイスラム教は西洋と両立できないわけではなかった。ウェイターたちは子供が――男の子でも女の子でも同じように――良い教育を受けられるよう望んでいた。そして医療サービスと住宅と民主的な政治の仕組みを求めていた。彼らは差別を受けていなかった。町で影響力を持ち、よく知られていて、敬われてもいた。彼らには複数のアイデンティティがあった。イギリス人であり、ベンガル人であり、またウェールズ人でもあるというふうに。みんな本当に多文化的だった。

しかしながら、最近ぼくが話したウェイターのひとりは、その腕を、その肌を、その色を指し示しながらこう言った。「いまやわたしたちみんなが非難の的だ。」彼はぼくに訴えた。いままさに、人種差別が復活する危険がある。今回は特にイスラム教徒に狙いを定めたものだ。過激な信者を根絶やしにするつもりかもしれないが、結果としてコミュニティ全体が不名誉な烙印を押されてしまうだろうと。ひとりのウェイターは、富と自立と尊敬という「移民の夢」を体現する代わりに、自分たちは永久にイギリス社会のスケープゴートにされるのではないか、つまりアメリカの黒人と同じことになりはしないか、という怖れを口にした。まるで多文化主義が不十分だったどころか、むしろ行き過ぎていたと言わんばかりに、イングランドらしさを取り戻そうという声がイギリス人たちから聞こえてくる。こんなふうに厳密で排他的なアイデンティティを求めるのは、過激なイスラム教徒を鏡に写した姿に他ならない。これは原理主義を迎え撃つためにさらなる原理主義を用いる企てだからだ。ぼくたちがみずからの行き過ぎた行為を賞賛するようなことがあれば、それは恥ずべきである。ぼくらはかつて亡霊に悩まされたが——カトリック信者、共産主義者、ポルノグラフィ——それでも正気を失わなかったではないか。

　単一の文化を奉じてうまくいくわけがない。この世界はあまりに渾然としている。ただ、新たな衝突の芽はたくさんある。長い年月を働き続け、人種差別に立ち向かいながら、移民とその家族はこの国にさまざまな貢献をしてきたというのに、イラク戦争のせいでイギリス社会はますますバラバラになってしまった。金もかからず、社会の分裂も生まない戦争だと、ブレア首相は踏んでいたようだが。もしもブレアのいう「第三の道」の内実が合意によって対立を収束させることであるならば、ぼくらの文学はより研ぎすまされ、異なる立場を描き分けるようになるだろう。「過剰な統合」、つまり人種と宗教の違いを掻き消すことは、強制的に、いやファシズム的にさえなるかもしれない。それはさらなる人種差別、怒りと怨みを生むだけだろう。

　エドワード・サイードは西洋の作家が東洋を構築する、すなわち好都合で単純な拵えものとして、しばしば淫らな幻想としてオリエントをでっち上げる方法について記した。ただし、内側からみずからの階級に痛烈な批判をおこなったフォースターやオーウェルのような作家の作品にこれを当てはめるのは公平さを欠いている。幻想の道は一方通行ではないのだ。イスラム教徒のあいだでは、逆転したオリエンタリズム、あるいは「オクシデンタリズム」が力をもっている。ぼくが出会った原理主義者の多く、はっきり言うなら多くのイスラム教徒が、西洋は腐敗してセックスが氾濫していると見なしたがっていた。「行きすぎた自由」があるというのだ。西洋は無秩序であまりに個人主義的に見えたのかもしれない。家族が彼らにおけるほど重要ではなく、いつでも不安定だからだろう。こういうイスラム教徒たちは西洋の文化や科学、比較的自由な環境があればこそ繁栄するさまざまな制度に目を向けるのを拒み、むしろ避けられない暗部を見るのを好んだ――薬物中毒、離婚、人間関係の崩壊を。

　お互いにわざと理解を拒んでいるという現状を踏まえることで、ぼくらは書くことの意味を問うことができるのだろう。しかし同時に、話すこと、あるいは物語ることの意味を問うこともできるはずだ。エドワード・サイードは、書くことの意味とは「権力に向かって真実を語ること」だと定義した。ラシュディへの攻撃は、少なくとも「言葉」が危険であること、自立した批判的な思考が今ほど大事なときはないことを明らかにしている。プロパガンダと政治の純粋化と暴力の時代に、ぼくらが何を物語るかは決定的に重要だ。政治的なものは常に問い質されねばならないという事実とは別に、こうした物語のなかでこそ――それは自分との対話でもあるのだが――いっそう複雑で扱いの難しくなった自己を、ぼくらは論じ、取りこみ、生成することもできるのだ。物語ることと書くことを止めたとき、人間の不規則な点を美徳によって抑えつけようとするときにこそ、沈黙のなかから悪が生まれるのだ。ピューリタニズムを中和するのは放蕩趣味ではなく、人間存在の内側で何が起きているかを自覚することだ。原理主義が精神の独裁であるのに対し、生きた文化とは探究にほかならず、ぼくら自身の抱える異様さへの、そして持て余し気味のセクシュアリティへの尽きない好奇心を表現するものだ。叡智は原理よりも重要で、疑いは確信より大事である。原理主義とは、ぼくらのもっとも大切な能力、すなわち想像力の機能不全を示すものだ。原理主義者の図式では、想像力を行使できる存在はたったひとつ——神があるのみ。他はみんなその下僕でしかない。

言論の自由はぼくたちだけに許された権利ではなく、虐げられ、無視され、除け者にされた第三世界の人たちが、こちら側よりもはるかに悪い境遇にあって、人間らしい生き方を守ろうと苦闘するためにも不可欠だ。「イングランドらしさ」の砦に引きこもり、この人たちと繋がって仲間になるのを拒むならば、彼らを迷信と想像力の欠乏へと引き渡してしまうだろう。

ラシュディ事件の教訓はいまでも有効だ。いくらか官能的で異端的なイスラム世界の印象を否定して、痛手を被ったのは他でもないイスラム世界だった。
シャビール・アクタルとその手の連中が分かっていないのは、過剰なまでに自己を滅する――というより自己の抑圧を試みる――ことで、そして自分の属する伝統にとって不可欠な要素と縁を絶ってしまうことで、彼らが楽しみと活気と共感の源から遠ざかっていることだ。だからイスラム急進派の活動は新しい革命運動なんてさらさら言えないもので、むしろカトリックや共産主義のような全体主義の組織とそっくりに見える。このふたつはどちらも――頭の鈍い老人に支配されて――猥雑さの価値を理解できなかった。

　不道徳と冒瀆には保護が必要だ。検閲された人びとの名を点呼すれば、文明の状態を説明できる。イスラム世界が文化と知識に関して何も際立った貢献をできないのだとすれば、それは過激なピューリタニズムと検閲社会が行き着くのはパラノイアでしかないからだ。このせいでイスラム世界はさらに暴力的になり、本来は仕えるべき人びとを代弁できなくなってしまう。何かを排除しようとしても、それは何度でも甦るだろう。

　以降の作品群――一九八六年の「虹のしるし」から、二〇〇五年七月のロンドン同時爆破テロを受けて『ガーディアン』紙に寄せた記事まで——は、イスラム世界と西洋のリベラリズムとが衝突してきた過去二〇年にわたり、ぼくの思考がどう進化したかを映し出している。

2

虹のしるし[3]（一九八六年）

「神はノアに虹のしるしを与え給うた。洪水は終わった。次は火だ！[4]」

一　イングランド

ぼくはロンドンで生まれた。母はイングランド人で、父はパキスタン人だった。インドとパキスタンが分かれて独立した一九四七年、父はインドのボンベイからイングランドにやって来て旧宗主国の教育を受け、いまはロンドンに住んでいる。父はロンドンで結婚して、二度とインドへは戻らなかった。父の属する大家族の他の人びと、兄弟とその妻、それに姉妹たちは、インドとパキスタンの分離独立のあとボンベイからパキスタンのカラチへ移住した。

子供時代のぼくは、仕事でロンドンに来たパキスタン人の伯父たちによく会った。彼らは有力者で自信に溢れていて、ぼくをホテルやレストランやクリケットの国際試合に連れていくときはタクシーに乗っていくことが多かった。けれど、ぼくにはインド亜大陸がどういうものかまるで分からなかったし、大勢の伯父や伯母や従兄たちがそこでどう暮らしているのか見当がつかなかった。九歳か一〇歳のころ、教師が泥だらけの小屋に住むインドの貧農の写真を何枚かぼくの目の前にわざと置いて、教室中に告げた。「ハニフはインドから来ました。」ぼくは思った。伯父さんはラクダに乗ってるのかな？　まさかあのスーツ姿のままじゃないよね？　従兄たちはぼくとすごく似ているはずだけど、キプリングの『ジャングル・ブック』に出てくる狼に育てられた少年モーグリみたいに砂の上に座って、裸に近い恰好をして、手づかみで食事をしてるんだろうか？

一九六〇年代半ばのイングランドでは、パキスタン人はテレビで馬鹿にされるわ政治家に利用されるわで笑いの的だった。パキスタン人は最低の仕事に従事し、イングランドでの暮らしは楽ではなかった。英語が得意でない者もいた。パキスタン人は蔑まれ、居場所がなかった。

最初からぼくはパキスタン人としての自分を否定しようとした。恥じていたのだ。それは呪いで、取り除かねばならなかった。他のみんなと同じになりたかった。火傷した皮膚が白くなるのを知って煮え立つ風呂に飛びこんだ黒人の男の子の話を新聞で読んで、その気持ちがよく分かった。

学校には、いつもコメディアンのピーター・セラーズの物まね風のインド訛りで話しかける教師がいた。別の教師はぼくをぼくの名前で呼ぶのを拒否して、パキスタンのピート〔5〕と呼んだ。だからぼくはその教師を「彼の」名前で呼ぶのを拒否して、代わりにあだ名を用いた。これが騒動のもとになった。説教、居残り、学校の塀を越えての脱走を繰り返して、とうとう停学。こっちの思うつぼだった。これ以上ましな結果なんてなかったのだから。

友だちと路上や空き地を一日中うろついた。小川のほとりに座ってすごした。黄色いルレックス繊維〔6〕のズボンを店から盗み、出かけるときは学校のズボンの下にこっそり履いて家族の目をごまかした。森に隠れて難解な本を読んだ。それから『ズール戦争』〔7〕という映画を何回も見た。

先ほどの友だちは、ぼくの映画『マイ・ビューティフル・ランドレット』のジョニー〔8〕のモデルになったのだが、ある日彼が家にやってきた。そのいでたちにショックを受けた。彼は履いていなくても直立しそうなくらいごわごわのジーンズを履いていた。ユニオンジャック柄のサスペンダーが「絞首人のごとき力」[9]でジーンズの裾をブーツの上まで吊り上げていて、ミルク瓶みたいに白い脚がのぞいていた。彼は数インチ背が伸びたように見えたが、それは鋼鉄製のつま先とチーズサンドイッチみたいに分厚い靴底をもつドクター・マーチンのブーツのせいだった。背中に縦のプリーツの入ったベン・シャーマンのシャツも欠かせない。それと彼の髪、それは全体的に四分の一インチもないのだが、小さな釘みたいに頭から突き出ていた。この微動だにしない作品を、短刀としても使える先の尖った鋼鉄の櫛を使って一時間おきに一心不乱に整えていた。

彼はすぐに便所ブラシ《ボグ・ブラッシュ》の異名を頂戴したが、本人に面と向かって言えるあだ名ではなかった。これまでの彼は天使のような少年で、額の金色の巻き髪はお母さんの愛情たっぷりの唾で平らに撫でつけられ、いつも清潔なハンカチをポケットに備え、空軍の少年ボランティア組織のブラスバンドで熱心にコルネットを演奏していたのに、いまでは面目を一新して粗暴な態度を身につけていた。

このナチス突撃隊員が戸口のところで「スキンヘッド・ムーンストンプ」[10]を唸るように歌い続けて踊っているのを見たぼくの母は、ひどく怯えて寝こんでしまった。

父が仕事から戻ってくる前に外に出て、B・B《ボグ・ブラッシュ》とぶらつくことにした。でも前と同じようにはならなかった。ふたりで話しているとすぐに邪魔が入った。ボグ・ブラッシュは有名人になっていたのだった。まるで戦争で荒廃した外国で同じ部隊に属しているみたいに、似た服装の見知らぬ連中に道端で挨拶されると、彼は激しい喜びを覚えるのだった。ぼくらは急に映画館から締め出された。前はミルクシェイクだけで何時間も粘っていられたハンバーガーショップのウィンピーバーは、もうぼくらを入れようともしなかった。プライドを傷つけられたぼくらは、店の背後に回って裏窓にレンガをひょいと投げこんでやらなきゃ気が収まらなかった。

さっきとは別の見知らぬ連中が、道の反対側からぼくらに目をつけることもあった。するとB・Bは「逃げろ！」と叫び、敵は往来をかき分けて車のボンネットを飛び越え、ぼくらを捕まえようと突進するのだった。やつらは下品な言葉を叫びながら、ぼくらを追いかけて路地を走り、菜園を横切り、貯水槽をぐるっと回り、そうやって追いかけっこはどこまでも続いた。
そして夕方になると、B・Bはぼくを連れて他の少年たちに会わせてくれた。ぼくらは公園の柵を登り、サッカーコートを横切ってゴールポストまでぶらぶら歩いた。ここはパキスタン人を追い詰めて暴行するために少年たちが集合する場所だ。ほとんどの子とは学校で一緒だった。それ以外の子とも幼馴染だった。ぼくは彼らの両親を知っているし、彼らはぼくの父を知っていた。

ぼくは公園から撤退し、少年たちにも近寄らず、より安全な場所、つまり自分の内面へと閉じこもった。ぼくは「かりそめの」期間と自分で名づけた状況に身を置いていた。ぼくはただ待っていた。脱出できるのを。このロンドン郊外を後にして、すっかり別の人生を送ることができるのを。どこか別の場所で。もっとましな人びとのなかで。

この孤独の時期にピンク・フロイドやビートルズやジョン・ピール・ショー[11]を聴いていた寝室で、ぼくは政治家たちのスピーチを書きとめる作業をはじめた。それは自分が周囲で見たネオナチ的な態度が生まれるのに一役買った言葉だった。この作業をぼくは「帳簿つけ」と呼んでいた。

一九六五年、当時は保守党の国会議員だったイノック・パウエルは言った。「成功または順応する見こみがないと判断できる集団《エレメンツ》については、自主的な本国への帰還の流れを着実に実現するのが望ましいという見方を捨ててはならない。」

一九六七年、保守党の大物議員ダンカン・サンズは言った。「白人と異人種との混血児が何百万人と出生するようなことがあれば、不適合者の世代を生み出し、国内の緊張を高めるばかりであろう。」

ぼくは不適合者ではなかった。ぼくは自分の要素《エレメンツ》をひとつに合わせることができた。他のやつらこそ、不適合者を必要としていた。自分のバラバラな価値観をぼくみたいな人間が具体的に表現してくれるのを欲していたんだ。

同じ一九六七年、イノック・パウエルは――自分はインド総督になるのを熱望していたとかつて語った人物である――地元の選挙区民の言葉に言及する形でこう語った。パキスタン人のせいで「イギリスは我々の子供たちが生活する価値のない国になるだろう。」

続けてパウエルはさらに有名な言葉を放った。「先行きを考えると不吉な思いに満たされる。ローマ人のように、『おびただしき血で泡立つテヴェレ川』[12]をわたしは見ることになるだろう。」

パウエルのスピーチが新聞に掲載されると、ロンドンの街中に彼を支持する落書きがあらわれた。人種差別主義者は自信を得た。カフェでぼくと同じテーブルで食事するのを拒むやつがいた。ぼくが好きだった女の子の両親は、黒ん坊《ダーキーズ》と外出すると世間体が悪くなるよ、と彼女に忠告した。

差別主義者から自分たちの代弁者と見なされるのをパウエルは拒まなかった。彼はイギリスに人種差別が生まれるのを促進し、恐怖と憎悪に満ちた情況をその手で作りあげただけでなく、市民がパキスタン人に暴行するまでに事態を悪化させた。

テレビのコメディアンはパキスタン人をもの笑いの種にした。彼らのジョークはきわめて政治的で、世の中の見方を提供した。異人種への憎悪をジョークに矮小化して笑い飛ばすことはふたつの結果をもたらした。それはパキスタン人への一般的な見解を確立し（BBCで放送されているんだから公認だと見なされたのだ）、さらにイングランドの数百万ものリビングルームで家族がパキスタン人を蔑視するのを祝福した。だからぼくはテレビを見るのが怖かった。あまりに居心地が悪くなり、みじめな気持ちになったからだ。

友だちの両親は、下層中流階級の人も労働者階級の人も、自分たちはパウエルの支持者だとしばしばぼくに告げた。この人たちが異人種について、とりわけ「パキ」について、熱く、荒々しく語っているのを時々聞いた。ぼくは絶望的に居心地が悪くなり、そういう忌まわしい異邦人と自分が一緒にされるのを怖れた。出身地に関する質問に答えるのはほとんど不可能だと思った。「パキスタン人」という言葉自体がもはや侮蔑語となっていた。この言葉が自分に使われるのは耐えがたかった。ぼくは自分でいることが許せなかった。

イギリス人は、パキスタン人が同化を拒んでいると、いつも不満を口にしていた。要はパキスタン人に自分たちとまったく同じようになれと言いたいのだ。けれどそうなったところで、もちろんパキスタン人は拒絶されるだろうが。

イギリス人は同化政策を敷いていた。パキスタン人を彼らの世界観に同化させるつもりだった。パキスタン人は不潔で無知で人間以下だ、だから虐待され暴力を揮《ふる》われるのも当然だ、と彼らは考えていた。

この時期、ぼくは誰とも人づき合いをする気になれなかった。ぼくは怯えていて敵意むき出しだった。白人の友だちのことを、人種差別的な侮辱を口にするやつかもしれないと疑った。実際、彼らの多くは無邪気にぼくをあざけった。数えてみれば、五歳のころから少なくとも一日一回は人種差別を受けていた。本気で傷つけるつもりで発せられる言葉と「ユーモア」を意図した言葉との区別がつかなくなってしまった。

ぼくは冷淡になり、人を遠ざけるようになった。自分にひどく暴力的なところがあるのを感じはじめた。でも暴力の揮い方をぼくは知らなかった。もしも自然に習得するか、誰かに教えてもらってそれを知っていたならば、いつも憧れていた復讐をぼくは実行に移したことだろう。騒動に身を投じ、嬉々として人びとを傷つけ、辺りに火を放っていただろう。

けれどもぼくは図書館をとぼとぼとさまよっていた。そこで昔の『ライフ』誌にブラックパンサー[13]の写真が載っているのを見つけた。エルドリッジ・クリーヴァー、ヒューイ・ニュートン、ボビー・シールと彼らの盟友たちが、そろって黒のベストとスラックスを身に着け、ジミ・ヘンドリックス風のもじゃもじゃ頭で写っていた。なかには銃を構えている者もいた。四五口径の軍用拳銃や銃身一八インチで一二番口径のマグナムショットガンで、どちらもヒューイが路上戦用に指定したものだった。

ぼくはローリング・ストーンズやクリームのポスターを引き裂いて代わりにブラックパンサーの写真を飾った。すべてに胸が高鳴った。この人たちは誇りを抱き、しかも戦っている。ぼくの知るかぎり、イングランドでは誰も戦っていなかった。

他にもうひとつ、もっと大切な写真があった。ペンギン版の『次は火だ』の表紙で、ジェイムズ・ボールドウィンは子供を、自分の姪を抱いていた。苦しみ続け、それでも生き続けたボールドウィンは、全身が怒りと赦しだった。彼は知性と愛を兼ね備えていた。逃亡計画を練っているあいだ、ぼくはずっとボールドウィンを読んでいた。ぼくはリチャード・ライトを読み、モハメド・アリを崇拝した。

菓子屋にいたとき、偉大な瞬間が訪れた。レジの奥のテレビで一九六八年のメキシコシティ・オリンピックが放送されているのが目に入った。アメリカ国歌が演奏されている間、二〇〇メートル走で金メダルを獲得したトミー・スミスと銅メダリストのジョン・カーロスが表彰台の上で拳を突き上げていた。いわゆる「黒人の力への敬礼《ブラックパワー・サリュート》」だった。白人の店主は怒りで我を忘れていた。政治とスポーツを一緒にしてはいけない、と彼はぼくに告げた。

こういうことが起こっていた時期、いつもモハメド・アリがいた。元の名はカシアス・クレイ。黒人のスポークスマンになった偉大なスポーツマン。いまやイスラム教徒だから、彼が試合に臨むときは世界中の何百万ものムスリム同胞が彼の勝利を祈った。

それから、アリが参加していたネーション・オブ・イスラムの運動があった。イスラムのメッセンジャーを自称し、金の刺繍が施され、房の垂れたフェルト帽を被った男、イライジャ・ムハンマドがその運動を率いていた。

一九六〇年代半ばのイライジャは、白い悪魔の支配は一五年以内に終わるだろうと常に言っていた。彼は隔離主義を唱え、黒人と白人は分かれて生活すべきだと訴えていた。自分に逆らう者はアラーが罰するだろうと主張し、カリスマ性と脅迫によって組織を維持した。しかもアラーは脱退者の精神を錯乱させるらしかった。

イライジャの弟子だったマルコムXは、ガンディーに敬意を払い、反ユダヤ主義者であることを公言していたが、獄中でイスラム教に改宗する際、「イスラム教徒に大切なのは服従であり、アラーに対して自己を調和させることだ」と認めた。彼の白人種への輝かしい抵抗、そしてキリスト教的な卑屈さとの決別が、アラーへの服従と、さらに残念なことにイライジャ・ムハンマドへの服従を伴っていたことは、どうにも納得できない。[14]

ぼくにとって人種差別は不合理と偏見と無知と感覚の欠如を意味している。要するにファノンのいう「無理解」ってやつだ。ぼくが尊敬したいと思っていた男たちがみずからを解放して到達した境地が不合理や知性の放棄にすぎなかったのは、ぼくにはショックだった。さらに隔離主義、すなわち白人は生まれつき堕落しているとして何もかもを憎み、「白人は全員悪魔だ」と見なすことも同じく受け容れがたかった。ぼくはイングランドで、ロンドンの郊外で、白人と共に生きねばならなかった。ぼくの母は白人だ。白人と別々に暮らすつもりはなかった。うんざりするくらいの隔離を、もう経験していたのだから。

嬉しいことにジェームズ・ボールドウィンも隔離にあまり関心をもたなかった。『次は火だ』には、イライジャ・ムハンマドを訪問したときのことが書かれている。そこでボールドウィンは、イライジャにどれほど共感を覚えているか、どれほど彼を愛することができればと願っているかを語っている。しかし、白人の友だちが大勢いるとイライジャに話すと、ボールドウィンはイライジャに憐れみの目で見られた。イライジャにとって白人の時代はもう終っていた。命を預けてもいいと思える白人の友だちがいるとボールドウィンが打ち明けたのをよく思わなかったのだ。

夜が更けていくにつれて、ボールドウィンはイライジャの取り巻きの媚びへつらう態度に嫌気が差してきた。自分とイライジャはこれからずっと他人のままだろうし、「ひょっとすると敵」になるかもしれない。ボールドウィンは黒人のイスラム教徒がアフリカとイスラム世界ばかりを見ること、そうやってアメリカの現実から目を背けて過去を「捏造」することを嘆いた。ボールドウィンはまたマルコムXとアメリカ・ナチ党の党首の名前を挙げ、人種問題についてふたりは完全に同じ意見なのだと指摘した。両者とも人種隔離政策を望んでいたからだ。ひとつの人種を貶め別の人種を賛美するようなやり方は、必ずや虐殺を生むだろうともボールドウィンは記している。

この会談のあとイスラム教徒はボールドウィンを熱心に読むことはなくなった。これは控えめな言い方かもしれない。かつて白人女性たちを「信条に従って」レイプしていたエルドリッジ・クリーヴァーは、彼を勇気づけてくれる偉人イライジャ・ムハンマドの写真を獄中の壁に掛けた。のちに彼はマルコムXの熱烈な支持者になった。

クリーヴァーはボールドウィンについてこう述べている。「現代アメリカの著名な黒人作家の誰よりも、ジェイムズ・ボールドウィンの作品では、黒人とりわけ彼自身を責め苛むような徹底した憎しみの情が描かれている。そして白人に対しては熱狂的で、卑屈に媚びを売るような、極めて恥ずかしい愛が捧げられているのだ。」

　黒人も白人も区別なくその心と皮膚に沁みこむ力をもつ作家に、こんな無意味な非難を浴びせるなんて、どうかしているとぼくは思った。善良で公正な怒りが、社会全体のあり方を変えるための堅実な政治参加につながるどころか、誇りを得るための熱狂的なイスラム信仰につながるなんて。そして黒人をいつまでも押さえつける制度に徹底した分析も加えず、ただ「白い悪魔」を語って安直にスリルを得ているなんて。

　こんな風にイスラムを支持するのは尋常ではなく、絶望のあまり世界中の黒人の団結を幻視しているとぼくには思われた。それは過度の孤立の症候だった。これでは政治への視野を広げることもできなければ、抑圧されている他のさまざまな集団や、労働者階級の全体と協力関係を模索するのも不可能である。白人の集団との連帯などありえないことになってしまうのだから。

　社会がイスラム化されるとどうなるのか、イライジャが説く権威主義的な神学を実行に移せばどういう結果となるのか、ぼくにはまるで見当がつかなかった。だからそんなことは忘れて郊外から逃げ出し、大学に通い、文筆に手を染め、ロイヤルコート劇場の案内係として働くようになった。あるイスラム化された国家をぼくが訪ねたのは、それから一〇年以上も経ってからのことだった。

二　パキスタン

彼らの国であるパキスタンについてぼくが話したがっていることも、今回ぼくが初めてこの国を訪れたことも、その男は知っていた。ご親切にも男はぼくを隅に引っぱって語り合おうとしてくれた。でもそのときぼくは他の人から話しかけられていた。

ぼくはカラチで何度目かのパーティーに出席していた。広大な邸宅のなかで、片手にウイスキーのグラス、片手に紙皿を持っていた。ぼくは家族と付き合いのある女性と会話していたのだが、別に結婚したくないわけじゃない、とふと口にしてしまった。するとこの女性はイギリスに移住したがっている若い女性を猛烈に薦めはじめた。ただし夫のいる女性である。困ったことに、この取り持ち役はぼくと夫妻の三人が会って取引する日程を決めようとするのだった。

カラチでは毎週三回パーティーに行った。今回は、さっきの女性からどうにか逃げられたあと、大地主や外交官、実業家や政治家と話した。いずれも有力者だ。これは嬉しかった。イングランドにいたら近づくこともできない人びとだったし、彼らについて書いてみたかったからだ。

みんな痛飲していた。リベラルなイギリス人なら誰でも知っているが、パキスタンで酒を飲めば鞭打ちの刑に処されることもある。でもぼくの見たかぎり、こういう英語を話す国際派のブルジョワ階級は、何をしても鞭打ちを食らうことはなさそうだった。この人たちにはそれぞれが信頼をおく、ひいきの密売人がいた。密売人たちはボロボロのバイクをかっ飛ばしてカラチ中の穴倉で商談に励んでいた。バイクの後部が酒の隠し場所だった。悪質な密売人はボトルの首に熱い針を通し、あらかじめウィスキーを抜いてしまう。おかげでジンジャービール[15]のソーダ割りに氷を浮かべたものにお上品に口をつけて、他の客が酔っていないかチラチラ窺いながら、何かの奇蹟で自分が急にアルコールに強くなったのかと戸惑ったなんて話も聞かれた。

あるパーティーでバスルームを借りようとなかに入ると、バスタブいっぱいにウイスキーのボトルがぷかぷか浮いている光景が目に飛びこんだ。スツールに腰かけた召使が、神妙そうに杖でボトルをつついていた。

そんなわけで、この国で酒を手に入れるのはロンドンでコカインを買うのと同じくらい厄介で金がかかる。ただし密売酒の市場は競争が激しかったので、売人は酒と一緒にビデオテープをおまけで届けてくれた。テレビを目指して部屋に駆けこむ彼らの手には、撮れたてホヤホヤのビデオが握られている。イギリスのインド支配が終焉を迎える一九四〇年代の物語である『王冠の宝石』（一九八四年）や、一九世紀のインドとアフガニスタンを舞台にした『遥かなる館』（一九八四年）、そして特に人気のあったのが『言葉に気をつけろ』（一九七七～八六年）で、これはインド人とパキスタン人を滑稽に戯画化したコメディ番組だった。

みんなが（といっても一般大衆は除くけれど）ビデオをもっていた。それも無理はなかった。なにしろパキスタンのテレビはかなり風変わりなものだったから。ここに着いた日にテレビをつけるとクリケットの試合をやっていた。ぼくは椅子に深く腰かけた。ところが、パキスタンに遠征で来ていたイングランドの選手たちがつぎつぎにピッチを出ていく。なんと中心選手のボブ・ウィリスとイアン・ボサムは武装警官に囲まれて更衣室へと走っていた。別にボサムがパキスタンを侮辱する発言をしたわけではない。（この国には俺の義理の母親を送りこみたいもんだ、と帰国後に彼は語った。）画面の奥では観衆席の一角に催涙ガスが撒かれていた。そこで映像が途切れてしまった。

さらに不可思議で、いっそう深刻な問題だったのは、アラビア語でニュースが読まれていたことだ。この言語を理解するパキスタン人はほとんどいないというのに。コーランがアラビア語で書かれているからだ、と説明してくれる人もいたが、ほとんどの人はジア将軍〔16〕がアラブ人のケツにキスしたいからだと宣《のたま》った。

あのパーティーの男は、酔っ払っていたが、何かを話そうとして何度となくぼくの袖を引いた。困っているようだった。でも困っているのはこっちも同じだろう？　この女に捕まって、結婚相手を紹介されているのだから。

ぼくはちょっとしたアイデンティティの危機に陥っていた。パキスタンの人たちは実にあたたかく迎え入れてくれた。目にする光景には興奮を覚えたし、伯父たちといれば心から寛《くつろ》ぐことができた。この国にいる方があの国にいるより快適じゃないかとさえ思った。それに、気づかれない程度の軽い皮肉をこめて、ぼくはイングランド人なんだと言うと、みんなが笑った。いや笑い転げた。褐色の顔をして、ハニフというイスラム教徒の名[17]と、パキスタンではよく知られた大きな一族の姓を名乗っている者が、あんなヨーロッパの外れの寒くてちっぽけで老いさらばえた島を、いつまで経っても名前の綴りさえ覚えてくれないあの島を、自分のものだと主張するなんてどうかしている、というのだ。妙なことに、こういうイギリス嫌いの発言を聞くとぼくは愛国心をかき立てられた。ただしぼくの愛国心は、イングランドから離れているときだけ感じるものだったけれど。

ぼくは自分がほんとうはパキスタン人なんだと感じることにも抵抗を覚えた。そんなセンチメンタルな嘘に身を委ねたくはなかった。実際、あるパーティーで、ぼくがジーンズを履いていることに腹を立てた人からこう言われた。「私らはパキスタン人だ。しかしあなたみたいな人は、いつまでも『パキ』でしかない。」イングランドの連中がパキスタン人を蔑んで浴びせるスラングをわざわざ用いて、要するにおまえはどっちの国にも属する権利を持たないと言いたいのだ。

　イギリスでぼくは劇作家だった。カラチではこんな肩書きは無意味に等しかった。劇場というものが存在しなかった。芸術は国家によって統制されていたし――音楽もダンスも反イスラム的と見なされた――ほとんどの人たちの関心の外にあった。だからどれだけここが気に入っていても、すごく場違いな気分がしていた。

　家名の威光でいきなり偉い人びとの仲間入りをしたおかげで、ぼくはずいぶんと歓迎され、ちやほやされ、贅沢な生活を送らせてもらった。はじめてぼくは特権階級なるものに通じることができた。また、心地よいけれど擁護しがたいエリートという地位をなんとか正当化しようと、この人たちが屁理屈を並べたがる気持ちも理解できた。ところがぼくは医者でも実業家でも軍人でもなかったから、みんなから疑いの眼差しを向けられた。こいつのいう「文筆業」とやらは、役立たずの怠け者がただぶらぶらしているのを、難しい言葉でごまかしているだけなんじゃないか。本当の話、ぼくがエンターテイメントに関心があると公言し、社会における芸術の必要性をしつこく熱弁したために、ロンドンのシェパーズ・ブッシュ地区のゲームセンターの仕事を世話する計画が立てられた。

ようやくパーティーの男がぼくを捕《つか》まえた。ラーマンという名前で、ぼくのインテリの伯父の友だちだった。ぼくには大勢の伯父がいたが、ラーマンはこのインテリの伯父とウマがあった。自分の悲しみを理解してくれて、余計者を自認する同志だからということだ。五十代で元空軍士官のラーマンは、リベラルで、世界を旅していて、イギリス人の女性と結婚し、妻はいまではパキスタン訛りを身につけていた。

彼は言った。「いいかい、この国は宗教にカマを掘られてるんだ。宗教が金儲けにまで口を出すようになってしまった[18]。かくして私たちはこの急激なる退歩へと乗り出したわけだ、お分かりのとおりね。いまやパキスタンは人が逃げ出す国として世界の先頭を走っているありさまだ。愛国者たちは外国に出てしまった。私たちは連中を軽蔑するが、羨ましくも思っている。だって残された私みたいな人たち、私と同じ階級の人たち、きみの一族は、みんなホッブズのいう自然状態に投げこまれている。安心を得られず、怯えているんだ。私たちがこうして集まっているのは必要に駆られてのことなのさ。」ここで彼は楽観的になった。「でも私たちも日本みたいになれるかもしれない。あの悲劇を経験した東洋の国は、いまや進歩的で産業も発展しているじゃないか。」彼は声を出して笑い、意味ありげに続けた。「しかしこの国をまとめられるのは神だけだろう。世界中にこう伝えてくれないか。私たちは後ろ向きの大ジャンプを決めつつあるとね。」

ラーマンにとってもっとも痛手だったのはダンスだった。彼はワルツやフォックストロットが大好きだった。しかしいまや、官能的かつリズミカルに、身体で喜びを表現することが禁じられていた。テレビを見るとどこが検閲されたかまるわかりだった。西洋の番組でカップルが立ち上がって踊ろうとすると、そこで映像が飛んで、たちまちふたりは席に戻っていた。ラーマンにとってこれは不可解であり、ここまで厳しくする必要などないし、これ以上ひどい横暴もないといってもよかった。

このように、ラーマンやぼくの叔父など「岸に置き去りにされた」世代は絶望していた。彼らのほとんどがイギリスで教育を受けていたが、この点でパキスタンの建国者ムハンマド・アリー・ジンナーと同じだった。ジンナーはタバコも吸い、酒も飲み、パキスタンの現地語であるウルドゥー語を話さない法律家で[19]、パキスタンは絶対に神権政治の国にはならないと主張していた（彼はときに「イギリス野郎」と呼ばれた）。ラーマンたちが知的に薫陶を受けたのは経済史家のリチャード・ヘンリー・トーニーや作家のバーナード・

ショウ、哲学者のバートランド・ラッセルや政治学者のハロルド・ラスキだった。彼らにとって近年のイスラム化は人生の否定を意味した。

こういう嘆きの声をぼくは何度も耳にした。彼らはこんな物語を話してくれた。一九六〇年代と七〇年代には、カラチは悪くない町だった。ジアがクーデターを起こした一九七七年ごろまでは、活気に溢れていた。植民地時代のままのクラブで酒を飲んで踊ることができたし（入場を許可されればの話だが）、雰囲気は自由だった――ただし政治に口を出してはいけない、そんなことをすれば牢屋にぶちこまれるのが落ちである。政界にはズルフィカール・アリー・ブットー[20]がいた。都会的でオックスフォード出身、詩人にして革命家の自分こそインド亜大陸の毛《マオ》主席だと考えていた。開化に抵抗する勢力や文盲と戦い、男女の平等を実現し、より多くの人が教育と医療を受けられるようにすると語った。砂漠に花が咲くだろうと。

のちにブットーは窮地を脱するため、イスラム法学者に媚を売り、不満を抱えた大衆の支持を呼び覚まそうとした。コーランに基づいた禁令が憲法に導入され、酒と賭博と競馬は御法度となった。こうしてイスラム化が始まり、彼が処刑されたあと熱烈に推進された。

イスラム化によって病院が建つこともなければ、学校も家も建たなかった。水がきれいになることも電気が引かれることもなかった。しかしそれは指令であり、アイデンティティだった。この国は神学者の手に委ねられることになった。というより、神のただひとつの目的を解釈すると自称する連中の手に任されることになった。軍の協力のもと、神学者たちの専制政治によって、パキスタンはイスラムそのものを体現するというわけだ。

　これからは道徳と宗教の義務に区別はなくなるだろう。これからは間違いの生じる可能性がどこにもなくなるだろう。それでも答えに自信をもてないとすれば、解釈が足りないせいにされた。理論的な根拠は、アラーが作り人間の義務と定めた、永遠かつ普遍の原理を記した書物だった。模範とすべきはイスラム教徒の最初の三世代であり、実践すべき場所はパキスタンだった。

　バングラデシュにあるイスラム大学の法学部教授はこう記している。「パキスタンは日常的な経済と政治の基盤としてイスラムを受容している。イスラムとパキスタン社会とを隔てるべき理由はなにひとつとして存在しない。パキスタン人はいまやイスラムの教えを厳密に固守しており、自分たちの宗教遺産にしっかりとしがみついている。彼らがこうした事柄を語るとき、決して敬意を欠くことはない。イスラム化の動きが加速するのに応じて政府の統治能力は増大し、国民のアイデンティティと忠誠心は強まっている。イスラム文明のおかげでパキスタン人は完全に近い自信をもつことができている。ゆえにこの社会には道徳への使命感が理想的な形で浸透しているのだ。」

道徳への使命感に燃え、教理と刑罰に重きを置きすぎた結果、権威主義が幅を利かせた一九八〇年代の世界の至るところにおいて、抑圧的で軍隊中心で戦闘的なナショナリズムを掲げる国家体制が強化されるような事態が生じた。しかもパキスタンでは、神が常に政府を支持しているというおまけつきだった。

しかし、あれほどやかましくナショナリズムが叫ばれていたというのに、ラーマンが言ったように愛国者は海外にいた。人びとはこの国を離れていった。西洋へ、サウジアラビアへ、あらゆる場所へと。若者たちはしょっちゅうイギリスに脱出できないか訊ねてきた。家族を養うためにヘロインを持ちこもうとする者もいた。彼らは湾岸症候群《ガルフ・シンドローム》と呼ばれる精神状態にあった。ロンドン郊外に住んでいたころにもよく見かけた症状だった。それは野心と抑えつけられた興奮と辛苦と性への渇望がごたまぜになった危険な心理のカクテルだった。
すると国外逃亡への熱狂の縮図といえるような痛ましい事件が起きた。チャクワルという村の一八歳になる少女が、夢のなかで村人たちがアラビア海を渡ってイラクのカルバラに行き、そこで金と職を手に入れるのを見たのが発端だった。ある晩、この夢を信じた村中の人びとが海岸へと出発したのだが、偶然にもこの海岸はぼくの伯父の家の近くだった。この高級な町クリフトンはロサンゼルス風の白いバンガローに政治家や外交官が住み、芝生にはスプリンクラーが備わり、車道にはメルセデスが駐車し、門には犬と守衛がいた。ここはベナズィール・ブットーが自宅軟禁された土地でもあった。彼女の死んだ父が残した邸宅を見張る軍人たちが、退屈そうにマシンガンを抱え、高い壁の下に張ったテントに座っていた。

バーベキューや深夜のパーティーが開かれるビーチで、チャクワル村の男たちは女と子供をトランクに詰めこんでアラビア海へと押し流した。続けて男たちも海に入り、カルバラを目指した。この亡命志願者たちは、二〇名を除いて全員溺死した。生き延びた者も逮捕され、不法出国の罪を宣告された。

この噂はカラチで広まっていた。ずいぶんと面白おかしく語られていたが、ラーマンのような人たちはこう嘆いていた。なんと混乱した社会だろう、かなり進んだところもあるけれど、他の面ではあまりに単純だ。

そして国外への（もっと普通の）脱出が相次いだために、家族の絆が掻き乱されていた。脱出した者たちが帰ってくると、すっかり別人になっていた。彼らは満ち足りることがなかった。もっと多くを見てきた彼らは、もっと多くを欲した。そんな彼らを隣人たちは妬み、憎むようになった。またしてもこの社会はみずからの意志ではなく、外からの力で変えられようとしていた。

一二人くらいの人たちが伯父の家に住み着いていた。おまけに家の裏手には犬小屋や鶏舎のすぐ脇に納屋があって、召使いたちが寝泊まりしていた。ときには親戚がやってきて数カ月滞在することもあった。この家は少しばかり増築する必要があった。一日中客はやってきた。夕方になると人が群れをなして押し寄せた。彼らは歓迎され、食事をしてビデオを観て、何時間も話をする。ロンドンの人たちみたいにプライバシーを守ろうとはしないのだ。

ぼくは考えさせられた。家族の絆とは何か。そして大家族のなかでプライバシーに乏しい生活を送るとき、どのくらい親密になるべきで、どのような干渉に耐えねばならないか。憎むべき人が増える分、大家族は小さな核家族より不幸だろうか。それとも人間関係が濃くならないだけましなんだろうか。

妙な話だが、ロンドンのノッティングヒルやイズリントンやフラムでの、ブルジョア階級の自由奔放そうな暮らしの方がはるかに形式ばっていた。ディナー・パーティーではみんな凍りついたみたいによそよそしく、社交といってもカップルが別のカップルと会い、さらに別の誰かがカップルになりそうかを語り合うだけのものだった。数カ月がすぎると、同じことが繰り返された。

パキスタンでは、さまざまな家族がいつもお互いのことを把握していた。人間を特定するのは簡単だった。祖父母の代まで遡ればみんな友だちになるのだから。銀行に行って窓口の係にパスポートを見せると、その人はぼくの伯父を何人も知っていることが分かったので、お決まりの素っ気ない対応をされずにすんだ。すべてがこんな調子だった。

家族がきちんと階層化されているおかげで、ぼくの親類の交友関係は途絶えることがない。それを見て思い出したのが、ロンドンの中心街《インナー・シティ》と呼ばれる場所で自分が送った、無責任でとても根無し草的な生活のことだった。ぼくはそこにたったひとりで暮らしていて、長い関係は一切持たなかった。八年以上つき合った人はほとんどいなかったし、もちろんその親と会うことなどなかった。みんな来ては去っていった。あるのは偽物の親しさや友情の押しつけばかりだった。責任感を抱いて他人に接する者などいなかった。

ぼくの友人の多くがロンドンでひとり暮らしをしていた。特に女性はそうだった。彼女たちは自立したいと思っていて、自分の好みで——好きなだけ多くの人と、ただし気に入った人だけと——人間関係を築くことを望んでいた。古いパターンを繰り返すだけの人生などまっぴらだった。自分の将来は自分の頭と心が決めるもので、習慣に従うものではなかった。ぼくの友人にとって、義務とか責任のような概念がいい意味を持つことなどめったになかった。それは束縛やお爺さんの古時計を思い出させる、押しつけがましいヴィクトリア朝の言葉で、愛を出し惜しみせず、気軽にハグをする、家族のしがらみを超えた新しい生き方に敵対する概念だった。新しい人間関係の理想は、昔の結婚生活のようなSとMの主従関係ではもはやなく、FとC、すなわち自由《フリーダム》と約束《コミットメント》に基づくものとなったのだ。

しかし古い大家族でこの新しい理想を語ったところで、昔ながらのやり方しか知らず、新しい生活様式に掻き乱されることなどめったにない人たちから見れば、それは未熟者の想像した作り物で、生きるのに避けられない定めを理解し、受け容れていない証拠だと見られるのが落ちだろう。

だから、順応すべしとのプレッシャーはとても強く、特に女性に対しては厳しかった。「あの女どもに警告せよ」と、ラーワルピンディーの町で反抗的な態度を見せた女たちにイスラム法学者が告げた。「八つ裂きにしてやると。将来誰ひとりイスラムに反発の声をあげられぬよう、それくらいむごい罰を与えてやるのだ。」

ある晩の食事の席でひとりの女性がこう言ったのが忘れられない。「これだけはハッキリしているわ。神はこの国に顔を見せることなど絶対にできない——女たちが八つ裂きにしてやるから！」

家族から詮索されたり批判されるのは、ロンドンで中傷されたり噂をたてられるのと同じように厄介だった。けれど、多くの人びとが温もりと繋がりを感じていた。安心感とたくさんの愛を得ることができた。さらに、おなじ共同体にいる者としての責任感もあった。おたがいの好き嫌いにかかわらず、みんながほんとうに一緒に生きているという感覚。それはロンドンでは得がたいものだった。ロンドンでは家族との縁を切った人びとが互いを支え合う共同生活を築き上げることができていなかった。パキスタンではまさに互いを支え合う共同生活があったものの、それは活力や変化を犠牲にして成り立っていた。

イノック・パウエルと落書きが席捲した一九六〇年代に、ブラック・ムスリム[21]とマルコムXは、「白人の化けの皮を剝がす」ことで奴隷の末裔に必要とされる力を授けた。エルドリッジ・クリーヴァーはまだキリスト教に改宗していなかったし、ヒューイ・P・ニュートンは四五口径アーミーを持ち歩いていた。郊外の家の寝室で、キングズロードに建ち並ぶ豪邸をいつも夢見ながら、壁に貼るヒーローの写真を毎週とっかえひっかえしていた不幸な少年は、まるで分厚いガラスの壁で一九六〇年代から遮られているみたいだった。そいつを破ろうとしても顔を押しつけるだけで終わっていた。しかし一九六〇年代の名残がパキスタンにはまだあった。解放を訴えるもの、たとえば音楽、衣服、ドラッグなどが。しかし元々それらが意味していた生き方に通じるものではなく、別のもっと強固な伝統の付属物となっていた。

そのことを実感したのは、友人数名とガタガタ揺れるオート三輪に乗って、ペシャーワルの近郊、アフガニスタンとの国境の手前にあるバラ・マーケットを訪ねたときのことだった。道路脇には、外国人に向けて、警察は責任を負いかねると告げる大きな標識があった。ここから先に警察は入ってくれないのだ。なかにはパシュトゥーン族がいて、その大半はアフガニスタンからの難民なのだが、よく外国人を拉致して身代金を要求しているらしかった。パシュトゥーン族はオート三輪の運転手をアヘンの運び屋に使っていたが、そのアヘンをお目当てに友人たちはやって来ていた。「なに、心配することはないさ」と彼らは言った。「だってお前は外国人じゃないだろう?」そういえばそうだった。

そこにいる男たちは屈強で勇ましく、孤高で自らを恃《たの》んでいた。彼らは銃撃戦の砦のように作られた泥の家やブリキ小屋に住んでいた。みんな当然のように武装し、肩からマシンガンを提げていた。街頭に立つかぎり、ここに女性がいるなんて思えなかった。しかし実は、この地域には女たちも住んでいて若い男たちを世話していた。この男たちは、ロシア人に徴兵されてモスクワで共産主義の再教育を受けるのを避けるため、群れをなしてアフガニスタンを逃げ出していた。

足首まで泥に浸かりながらぼくは市場を見てまわった。拳銃、ナイフ、ロシア製のライフル銃、手榴弾、そしてマリファナとアヘンの大きな塊がトマトやオレンジのように屋台に並んでいた。どこでもヘロインを売っていた。

アフガニスタンとインドに挟まれた、従順で反動的な緩衝地帯であるパキスタンに、アメリカ人は莫大な金を投資してきた。ところが、資金援助をしてやった国で違法な産業が栄え、アメリカの青少年を堕落させていることに彼らは激昂した。そこでパキスタンに人を派遣したものの、まるで打つ手がなかった。パキスタンの社会は隅々までヘロインの取引に関わっていたからだ。警察、司法、軍隊、地主、税関の役人も例外ではなかった。それもそのはず、コーランにヘロインのことは何も書かれていないのだ。少なくとも具体的には。ヘロインの輸出は政治思想の点から正しいと主張する人までいた。ヘロインは反西洋的だ。西洋の子供たちが薬物中毒になるのは、神なき社会におけるモラルの混乱がもたらした当然の報いだと言うのである。これはいわば植民地からの復讐なのだと。しかし、カラチの才人たちが反転した帝国主義と呼んだこの現象には、さらなる報い《ネメシス》が待っていた。反転した帝国主義がいまや反転しつつあったのだ。

カラチの高台にある集合住宅で、ヘロインを吸った一八歳の少年がぼくの目の前で部屋中を陽気に踊りまわり、勃起したズボンの正面を指さして「ぼくのイムラン・カーン」と呼んでいた。イムラン・カーンというのは、パキスタンのクリケットチームを率いる格好いいキャプテンのことだ。いわゆる多国籍な若者たちが、ますますヘロインを吸引していた。その集合住宅を所有する友人たちは、週刊誌の記者だったが、ずいぶん困っていた。だがこの人たちも常に薬物を持ち歩き、友人に配っていた。こういう愛好家の連中の大半が専門職に就いていた。弁護士や、自分が差し押さえた物を吸う警察の管理職、新聞業界の大物、その他さまざまなジャーナリストたち。真夜中のビーチで、背後にかしこまってしゃがんでいる地元の漁師に巻いてもらった極太のマリファナを一服するのは、まさに天国だった。ラジカセからはあの「エロスの政治家」〔22〕ことドアーズの曲が流れ、ビーチにはアラビア海の波が寄せては返す。奇妙なことだが、ヘロインもマリファナもこの国で原料を採れるのに、それが東洋で流行するには西洋が必要だった。

植民地化する者とされる者とのあいだで、後者が前者にあこがれて真似をする関係が成り立っている場合、つまりぼくの伯父の世代には、マリファナタバコを咥える人など見つからないだろう。それは品性を貶めるもので、貧農の嗜むものだった。イギリス人の影を追って、彼らはウイスキーを飲み、『タイムズ』紙を読んだ。他人を「ジェントルマン」と呼ぶのは賞讃の証だった。そして第二次大戦時に人気のあったイギリスの女性シンガー、ヴェラ・リンの古いレコードを聴いて目に涙を浮かべるのだ。

しかし若い連中はヨガのやり方を話していた。頭だけで全身を支えて立っている若者だって見つけられた。瞑想さえしていた。もっとも、空港で働く少年が言うには、イスラム教徒にとってヨガはヒンドゥー教的にすぎるので、彼がマントラを唱えているのを両親に見つかったら、手の甲で顔を張り飛ばされるだろう、ということだった。若い連中のほとんどが、四チャンネル式のスピーカーを搭載した明るい赤や黄色の日本車に乗って、ローリング・ストーンズやヴァン・モリソンやデイヴィッド・ボウイを聴きながら荒れ果てた道路をすっ飛ばし、ラクダの群れを追い越して、何エーカーも広がる荒野を横切ってビーチへと向かうのだった。

ここでは、電車の線路沿いにずっと貧民や病人や飢えた人びとが、粗末な掘っ建て小屋で暮らしていた。薄汚い貧民が赤錆びた給水塔のまわりにたむろして水を汲んでいた。廃棄された車（たいていイギリスの小型自動車のモーリス・マイナーだった）を器用に復活させる者たちもいた。そしてここには、巨大な下水管の中で水牛や鶏や野犬に囲まれて眠る者もいた。ここでぼくは警官と出くわした。てっきり巡回中かと思ったら、この警官はここに住んでいるのだった。崩れ落ちそうな小屋の壁には、予備の白い制服が架かっていた。それを彼は自分で買わされていた。

ビーチに行くのでなければ、若者はハッピー・ハンバーガーで暇をつぶした。あるいは互いの家に行ってクリント・イーストウッドのビデオを観たり、猥談に興じていたものだが、彼らときたらセックスについてあまりに無知で、情報も与えられていなかった。二十代半ばの若い男たちがみんなで盛り上がっていたので覗いてみると、一九五〇年代の医学書に群がって「女性の外性器」を鑑賞していた。こういう若い男たちは、西洋の映画を観て、ドアーズの「ハートに火をつけて」のように欲望を讃えるポップソングの歌詞

（「こっちにおいで、オレのハートに火をつけてくれ」）を唱えるような連中なのに、その結婚前の生活は、まるで男ばかりの全寮制の伝統校《パブリック・スクール》にいつまでも入れられているも同然だった。彼らにとって女性は神秘的で不可知で、手に入れたいと同時に恐ろしい、ほとんど別種の生きものだった。尊重し、結婚し、妊娠させねばならないが、友だちにはなれないのだった。男女が厳格に区別されるこの国では、性のモヤモヤに苦しむ様子が目に見えるほどだった。金のある男たちはバンコクへ飛んで発散していた。それのできない男たちは身悶えし、女を呪った。一九六〇年代にあった数少ない本物の成果のひとつは、性への考え方がいくらか自由になったことだった。避妊、堕胎、女の性のあり方や売春について、議論を進めようとする女性たちがいた。しかしこういう考え方には、いまや信じられないほどの敵意が向けられている。それでも進歩は時間の問題にすぎない、と女たちは感じていた。イスラム法学者が考えるほどたやすく無知に逆戻りすることなどあり得ないのだから。

ものすごく人好きのする、大きな身体に気力のみなぎった三十代初めの弁護士——彼にとって時代は一九六〇年代ではなく、絶対に一九八〇年代だった。彼の父は裁判官だった。彼自身も頭脳明晰で、パキスタンのもうひとつの「新しい精神」を強烈に体現していた。彼は酒もタバコもセックスもやらなかった。やらないと選択したのだ。彼は一日に五回祈りを捧げた。始終休まず働いていた。善いイスラム教徒でいようと固く心に誓っていた。なぜならこの国の存亡はすべてそこに懸かっているからだ。彼は情熱に屈することがなかった。宗教への情熱は別だったけれど。そして彼は自分の信じることに従って生活を送っていた。すぐにぼくは彼を気に入った。

ぼくたちは高価なレストランでディナーを食した。ロンドンやニューヨークにもありそうな店だった。実においしい、とぼくは言った。弁護士は不同意だった。口をいっぱいにしながら、大きな頭を左右に振っていた。絶対にうまくありません、絶対に見かけ倒しのゴミです。しかしこれは単に思想的な理由で言っているのだ、とぼくは判断した。なぜなら彼はうまそうに味わっていたのだから。こんなレストランに来たのはあなたの顔を立てるためにすぎません、と彼は続けた。

村にはもっとよい食べものがあります。パキスタンに最近入ってきた食べものは、正直にいって料理というより化学の成果なのです。大衆だけが美徳を備えています。大衆はいかに生きるべきか、いかに食べるべきかを知っています。そして彼は言った。あの生気のない連中、あなたが好んでつき合っているはみだし者たちは、無価値な疫病階級です。だからこそ、あなたはやつらを好きなんでしょう。なんせイングランド人ですから。ガツガツと食べながら彼は指摘した。受けた教育と知的な俗物趣味のせいで、やつらはイスラムから逸脱しています。やつらは大衆を理解せず、人民と自分たちを切り離すために英語を話します。なのに一番いい仕事は、この外国で教育を受けた連中に回っているじゃないですか？　私たちの国と信仰の篤い国民性に泥を塗る、こうした西洋かぶれの年寄りにはもううんざりなんだ。やつらは西洋に毒されている。やつらは自分の国を知らない。こんな連中はとっとと出ていって、外国で差別者どもにぶちのめされた方がいいんだ。

　弁護士とぼくは表に出た。混雑していて、道には通行人があふれていた。踊るラクダの見世物とパキスタンの物産展が催されていた。罵り声をあげながら、弁護士はそこを大股で突っ切った。物産展はパキスタンで作られた西洋の模造品でいっぱいだった。チョコレートやストロベリーの色に塗られたバスルーム。ステレオ搭載のテレビ。扇風機、エアコン、ヒーター。さらにインベーダーゲームがひしめくゲームセンター。弁護士は苛立っていた。

これはみんな西洋の商品だ。大衆にはまったく無意味な代物だ。大衆には水がない、ストロベリー色のバスルームがなんの役に立つ？　大衆が求めているのはイスラムだ。インベーダーゲームとか……選挙じゃない。選挙は西洋のものですか、とぼくは訊ねた。インドでも選挙をするじゃないですか。いや、選挙は西洋のものだ、と弁護士は答えた。イスラムの支配のもとで選挙なんて必要だろうか。政党はひとつあれば十分だ。正しい者たちの党があれば。

このエネルギーのみなぎった弁護士の話は、もしも上の世代の第三世界知識人や革命家、フランツ・ファノンやチェ・ゲバラのような人たちが聞いたら、最初は喜ぶだろうが、やがて失望を覚えたことだろう。解放をめぐる彼の話は、たゆまず働く大衆の美徳を認め、新植民地主義と闘い、その傀儡たるブルジョワと闘い、さらにアメリカによる干渉とも闘うところまで進んだ。実に雄弁に自由と闘争を讃える一連の話が、しかしながらこの弁護士の心のなかでは、跪き、祈りを捧げる国家へと結実するのだった。自らの根拠を探し求めた果てに、この国がたどり着いたのは……八世紀だった。

イスラムと大衆。コーランを「創造的に」解釈して近代科学と両立させようとする修正主義的でリベラルな学者たちとの無数の対話。何度も聞かされたイスラム学者による中世そのままの説教。あまりに多くの話と理論と煩瑣な分析。

伯父の家の一室にぼくは足を踏み入れた。カーテンで半分隠されたベランダに、いとこの古着に身を包んだ召使いの老女の姿があった。祈っていた。ぼくは立ち止まり、じっと老女を見た。朝、ベッドで横になっていたら、この女性が小枝を束ねたもので部屋の床を掃いてくれた。少なくとも六〇歳だろう。いま、みすぼらしい礼拝用マットの上で、老女の姿は小さく、周りには無窮の世界が広がっていたが、神はその頭上にあった。彼女が自分よりも大きな存在を認め、無限のものの前でかしこまり、おのれの卑小さを感じているのを、ぼくは感じることができた。それは真実に満ちた瞬間であり、空虚な儀式ではなかった。あのように祈れたらいいのに、とぼくは願った。

弁護士とラホーレにある世界最大のモスクに行った。靴を脱ぎ、他の男たちと――女は中に入れてもらえなかった――広大な中庭を静かに横切った。そして膝をついた。大理石の床に額を打ちつけた。ぼくの隣では、同じような姿勢をした男が世界を呑みこめるほどの大あくびをした。じっと待っていたが、祈りに没頭して我を忘れるには至らなかった。あの老女には祈りが無限の意味を持っていたのに、ぼくの祈りはその滑稽な模倣でしかなかった。

ひょっとしたらあの老女も、多元主義的でリベラルなごたまぜではなく、自分の奉じる道徳的・宗教的信念を反映し、他の信念は受け付けない社会をほんとうに望んでいるのかもしれない。彼女自身の気持ち、慣習、生き方、そして神への献身が、完全に法に則って制定された権威によって善きものと認められる社会を。しかしそんなことをわざわざ彼女に確かめる者などいないようだった。

パキスタンでは、イギリスがどうしても出ていかないのだった。ラホーレの弁護士や、その他いろんなことにもかかわらず、イギリスはパキスタンの人びとの心で大きな場所を占めていた。植民地支配の遺物はいたるところにあった。建築物、記念碑、オックスフォード風アクセント、英語の本と新聞でいっぱいの図書館。イギリスに親族のいるパキスタン人も多い。パキスタンで暮らす何千もの家族がイギリスからの送金を当てにしていた。ある村を訪ねたとき、通訳を介してそこの男性の話を聞いたところ、イギリスのブラッドフォード〔23〕から三人の孫が来るときは、会話をするのに通訳を雇わなければならないという。いつでも起きていることだ——ふたつの社会が近づき、そして遠ざかること。

パキスタンの人たちはいまだイギリスに脱出したがっていたが、クラブでくつろぐ老人もハンバーガーを頬張る若者も、イギリスの衰亡と堕落にはずいぶんと喜んでいた。偉大なる主人は没落した。いまやイギリスはストライキで麻痺し、薬物が蔓延し、暴徒に切り裂かれ、能率の悪い、分裂した国だと見なされていた。清教主義《ピューリタニズム》から快楽主義へとあまりに急激に移行した結果、自己嫌悪に陥っている社会だと。そしてカラチの才人たちがぼくに訊ねるお気に入りの質問がこれだった。いつになったらアメリカさんは、イギリス人に自国を統治する力が備わったと認めてくださるんでしょうねえ？

けれどもラーマンのような人びとは、いまだにイギリス的な理想と彼らの呼ぶものにしがみついていた。彼らの主張では、社会が理想をもち、人類の進歩を信じることこそが、文明の水準を決定づけるのだ。イギリスがインド亜大陸に残した唯一の優れた遺産といってもよい価値観が、イスラム化のもとで否定されることを彼らは嘆いていた。その価値観とは、啓示や聖典ではなく理性に基づいて非宗教的な組織を作ろうとすること、人の抱える問題に最終的な解決などないと思うこと、そして社会の健全さと活力は、あらゆる事柄について多様な見解をどこまで許容し、表現できるかに懸かっており、どのような見解も温かく迎えるべきだと考えることである。

3

ブラック・アルバム

第九章（一九九五年）

シャヒードがディーディーと話そうと廊下の電話に手を伸ばしたとき、礼拝の時間だとリアーズが告げた。

カラチにいたころ、シャヒードは親戚の連中に促されて何度かモスクに行っていた。親たちが密輸品のウイスキーを飲み、イギリスから送られたビデオに興じているあいだ、若い親類とその友人たちは金曜になると彼の家で集合してから礼拝に出かけたものだった。若い世代が宗教に熱中し、それが政治への強い関心を生んでいるのを見て彼は驚いた。あるときにはシャヒードが親類の女の子にヨガのポーズの手ほどきをしていたら、その子の兄が猛然とやってきて妹の踵を耳から引き離した。ヨガは「あの忌々しいヒンドゥー教徒ども」を思い出させるというのだ。この兄は英語を話すのも拒否していた。ずっと家では普通に英語を話していたのに。彼の言い分はこうだ。パパの世代はイギリス訛りの発音や外国での学位やイギリス流の紳士気取りばかり身につけて、自分たちの民族を劣等だと決めつけている。あの人たちを強制的に村に移住させ、ガンディーに倣って小作人たちの暮らしを体験させるといいんだ。

シャヒードのパパは家で信仰について聞かれるとこう答えた。「ああ、俺は信仰を守ってるよ。ケツがヒリヒリするまで仕事しろって教えをな！」シャヒードも兄のチリも宗教についてろくに教わらなかった。ティプーが家で礼拝をすると、パパはぶつぶつ不平を言っていた。俺が大好きな『世界大戦』（*The World at War*）の再放送を見てるってのに、なんだってそんな耳障りな音を立てやがるんだ？

ところがいまや、シャヒードは自分が無知なせいで居場所をなくすんじゃないかと不安に駆られていた。最近では誰もがアイデンティティを主張し、自分は男だ、女だ、ゲイだ、黒人だ、ユダヤ人だと告白《カミングアウト》していた。根拠のありそうな出自はなんでも振りかざして、タグづけされてないやつは人間じゃないみたいだった。シャヒードだって自分の民族の一員になりたかった。しかしまずはその人たちを知らなければならない。彼らの過去や望むものを。ありがたいことにハットがずいぶん助けてくれた。自分の勉強の合間をみては本を手にシャヒードの部屋を訪れた。となりに座って、ハットは何時間もイスラムの歴史の一部を解説し、信仰の本質も教えてくれた。さらに床の一角を片づけて、礼拝のやり方を実演してみせた。

祈っているあいだ何を考えたらいいのか、身体の動きに合わせて脳をどう活動させるものなのか、シャヒードにはおよそ見当もつかなかった。仕方ないので、ひざまずきながらこっそり讃えてみた。世界の実在性を。物があるという事実を。生命と芸術と笑いと愛という説明不可能な現象を。ぶつぶつと呟いてみれば、この言葉というものも聖なる奇蹟だった。この畏れと驚きの感情にふさわしい音楽が彼のなかで鳴っていた。たとえばベートーヴェンの第九から「歓喜の歌」。それを周りに聞こえないくらい小声でハミングするのだった。

その日の晩、若者たちはゲリラみたいに床の上で食事をとった。みんな学校の宿題を持ってきていた。しかし彼らは遠くからやってきていたし、気分も高まっていたし、報復することはたっぷりあった。本を開く者はいなかった。

一一時ごろ、ドアが激しく叩かれた。

武器を手に全員が立ち上がった。女の子のタヒーラとニーナさえも。リアーズは内股で偃月刀らしきものを抱えていたが、そいつを肩の上まで振り上げるのさえ難しそうで、スキンヘッドの差別主義者の頭をかち割ることなど到底できそうになかった。チャドはもう廊下に飛び出してドアの前にいた。熊のような外見だが動きは素早かった。真剣な面持ちで彼は腕まくりをし、太い二の腕を剝き出していた。入口を解錠する前に、彼は前かがみになり、ドアの向こうから聞こえてくる声に耳をそばだてた。

みんなの予想を裏切って、大学教師のブラウンロウがリビングルームに飛び込んできた。白いソックスにサンダル履きという恰好も意外だったが、いつもと違ってまともに言葉を話していた。骨ばった額は光を放っていた。その肌のあまりもの白さにシャヒードは驚いた。まるでテレビの色彩調整のつまみを回し忘れたみたいだった。

「同志たちよ！」

リアーズを除いて、みんなまた腰を下ろした。ホッとしていたが、少しがっかりもしていた。

「こんばんは、同志のみなさん！」とブラウンロウは高らかに告げた。「頭のいかれた野郎を見つけなかったかな？」

「あんたが来るまではね」とシャヒードはつぶやいた。他のみんなはニヤニヤした。リアーズが彼に近づいた。「まだです」と彼は言った。「ですが私たちが道義を知らぬ輩に囲まれているのは確かです。ブラウンロウ先生、あなたがメッセージに応じて支援をしてくださると知ってみんな喜んでいます。」

みんなを抱きしめるかのように、ブラウンロウは腕を思い切り広げた。ここにいるみんなは同じ前線で戦っているんだ。

「ゾッとするよ、ここは！　前の住人は何をされたんだ。人道に対する犯罪。荒れ果てた地域を定期的に訪ねなくては。さもないと忘れてしまう。あれを見て人は多くを学ぶ。明白なことさ、驚くまでもない——」

ついに開かれたブラウンロウの口はよく通る声を発した。ナイツブリッジの喧騒を突き抜けてタクシーを呼びとめ、蹴りを入れられた犬みたいにウェイターを走らせ、反抗する植民地を締めつけるまでもなくたちまち黙らせてしまう声だった。吠えたてても滑らかな早口でもブーブー騒いでも命令を発しても、堂々たる音節のひとつひとつが軍隊やシティや大学や国家やイングランドの甘美な響きをまとっていた。哀れなアンドリューはまさに自分の憎むものの側から声を発したのだった。革命の日に彼が最初にするのはおのれの舌を引っこ抜くことだろう。

「何ですって？」リアーズは愉快そうに言ったが、相手を見る目には力がこもっていた。リアーズは相変わらずアンドリューに対して礼儀正しく、彼をブラウンロウ先生と呼び、その手をしっかり握り、優しくキスするように撫でさすっていた。それはインド料理店の支配人が市長をもてなす様子を思わせないでもなかった。けれどもこのときシャヒードには分かっていた。同時にリアーズは優位に立つことを狙っているのだと。実際、彼の質問には挑発がこめられていた。一同は耳をそばだてた。

リアーズは続けた。「驚くまでもないとは何のことですか、ブラウンロウ先生。友人として教えてください。」

ところがブラウンロウはタヒーラをあからさまにスケベな眼差しで眺めるのに夢中だっ

た。あえぎ声さえ漏れてきそうだ。飲み屋で軽く数時間は粘っていたに違いない。チャドもそれに気づき、火花の散る棒を見たように後ずさりした。タヒーラは自分の鼻先をつまんでしかめ面をしてみせた。

シャヒードには嫌な予感がした。今晩のブラウンロウは陽気そのものだから、自分の妻のディーディーを訪ねてぼくが家まで上がりこんでいたのを話してしまうかもしれない。

「驚くまでもないのさ、あいつらが暴力的なのも」とブラウンロウは言った。「この場所。汚穢のなかの生活。わたしは冥府《ハデス》を一、二時間さまよってきた。異臭を放つ霧のせいで居場所も分からぬまま。わたしは見た。巨大な犬、そびえ立つ哀悼の壁、悲惨さを貯えた蔵を。豚小屋を。悪臭まみれの飼育場だ、あの地域は、子供たちにとっての。まったく！かくして人種差別があらゆる者に感染し、エイズのように蔓延する。」

リアーズはまだブラウンロウを見ていた。チャドが言ったように、リアーズが誰かを見るとき、見られた者はそれを意識する。リアーズが数歩前に出た。演説が始まる。彼はこう切り出す。「ですがわたしにはこの地域も悪くないと思えます。」

「たしかに。やつらはちょっとあたりを飾り立てたってだけだからな」とチャドが低く唸った。

ブラウンロウは罠を嗅ぎつけて戸惑いはじめた。「続けて」と彼は言った。

「言わせていただきますが、わたしはこの地域の幸運なろくでなしどもと明日居場所を交換しても構いません。明日でさえも！」リアーズの声はどんどん高くなった。「見ればやつらがどれだけ腹いっぱい食べてきたか分かるでしょう。デブになりすぎたから、ぶよぶよのケツを持ち上げてテレビの前から離れるのも億劫で仕方がない！」みんな笑った。ブラウンロウを除いては。「やつらには家も、電気も、暖房もある。テレビも冷蔵庫も、近くには病院だって！　やつらは投票できる、政治に関心があろうとなかろうと。やつらこそ本当の特権階級ですよ、違いますか？」

「この地域の人びとは企業に逆らえないのだ」とブラウンロウは言った。「無力なんだよ、連中は。ろくな食べ物もなく。教育も受けず、雇用もされない。希望だけじゃ仕事は得られない。」

リアーズはさらに言った。「ではあなたは第三世界にいるわたしたちの同胞――あなたは自分以外の人間ならほとんど誰でも『第三世界の同胞』と呼ぶようですが――にもそういう気質の片鱗が見られると思いますか？　わたしたちの村には電気が通っているでしょうか。村を一度でもご覧になったことはありますか？」

「こいつはグロスター州のことを言ってんじゃないぜ」とチャドが吐き捨てた。

ブラウンロウは答えた。「南アフリカのソウェト地区[24]で。現地の人びとと三カ月すごした。」

「じゃあご存知でしょう」とリアーズ。「さっきわたしが言ったことは、あそこの人びとにとってジェイムズ・ボンドなみの贅沢だってことを。彼らの夢は冷蔵庫を、テレビを、キッチンを持つことなんです。でもあの人たちはスキンヘッドの差別者や、車泥棒や、レイプ魔でしたか？　彼らは世界の他の連中を支配してやろうと欲していましたか？　そんなことはない。彼らは謙虚で善良で勤勉な、アラーを愛する人たちですよ！」

シャヒードと「同胞」は同意のつぶやきを漏らした。ブラウンロウはリアーズの質問に答えた瞬間を後悔していたに違いない。彼は繊細な男だったし、有色人種の解放を信じていたのだから、自分の支持する主義を掲げる人からこんなことを言われるのは、きっと応えたはずだった。

ブラウンロウは顔をしかめた。

他のみんなもこの戸惑いを感じているのだろうかとシャヒードは思った。ここにいる男は育ちも権利も教育も恵まれてきた。彼の祖先は世界中を航海し、支配した。こういうものが彼を形づくったのだから、もっとすごい何かをシャヒードは期待していた。ただ同時に彼と仲間たちは喜びを覚えずにはいられなかった。彼らを支配した民族、いまでも保護者面して彼らを馬鹿にしている民族は、神々ではなかった。支配者として、指導者として育ってきたはずの彼らも、いまや少数民族のひとつにすぎない。ディーディーは彼に事情を説明してくれた。「あの人たちは七歳で寄宿学校に送られて、世にも恐ろしいことを経験させられるのよ。そこから二度と立ち直ることはできないの。」

リアーズは丁重に指示を出した。わたしとブラウンロウ先生は一緒にどこかに座ってはどうかな。サディーク、きれいなペルシャ絨毯を広げて、水差しとコップをもってきてくれないか。わたしたちが落ち着いて議論できるように。

誰もがくつろいでいた。

いまなら小説を引っぱり出してもいいだろうとシャヒードは思った。この日、彼は何も読んでいなかったし、孤独に没頭したい気分だった。ところが、鞄から本を取り出しかけたとき、ふとこんな気がした。寝ずの番をしているあいだに自分が本を読むのを他の連中は面白く思わないんじゃないか。

代わりに、ブラウンロウとリアーズが話しはじめたので、シャヒードはそちらに近寄った。学校やモスクでリアーズが演説しても議論になることはなく、穏やかな質問が出るくらいだった。仕舞にはリアーズの仲間が彼の背中を軽く叩き、いい話だったと言いながら熱心な連中を追い払っていた。

信仰の基本原理に関してリアーズに質問できるようになったとき、シャヒードは自分がひとつ前に進んだと感じた。彼は自分に信仰が足りないことをしばしば不安に感じていた。モスクで周りを観察しても、目に入るのは確かな実体のある物ばかりで、ずらりと並んだ同胞の顔を眺め、そこに敬虔な精神が兆しているのを認めると、自分は駄目だと思うのだった。けれどもこの問題を追究すると信仰を疑うような結果に陥らないかと怖れてもいた。ハットにならこの不安について相談することができた。彼は心配するな、なるようになるさ、と言ってくれた。すると心からくつろいでいるときに、シャヒードには得心が行ったのだった。信仰は、愛情や独創性と同じように、意志によって獲得できるものではない。いまぼくは認識の冒険をしているんだ。だから規則を守り、忍耐強くならなければいけない。そうすれば間違いなく理解できるはずだ。ぼくは祝福されるはずだ。

しかしいまブラウンロウは、足を組んでリアーズと向かい合って座り、不安の傷口をふたたび開こうとしていた。

「何度も願ったものだ」とリアーズだけでなくシャヒードに対してもブラウンロウは話していた。「大人になってから、時に何もかもが嫌になると、信仰を持てたらいいのにとね。でも一四歳のときバートランド・ラッセルを読んだのさ。ラッセルは知ってるだろう？」

「ええ、少し」とシャヒードは答えた。

ブラウンロウの湿っぽい足の指がサンダルのなかでもぞもぞ動いた。「ディーディーが話したかい？　それともあいつはきみにプリンスのビデオを見せるだけか？」

「あの人はいい先生です。」

ブラウンロウは豚のように唸って続けた。「神の身になって考えてみたのさ、ラッセルって人は。それで言った。神が存在するならば神は阿呆だろう。ハ、ハ、ハ！　さらに言った。曰く、『あらゆる神の概念は古代オリエントの専制政治の流れを汲む概念である』。傑作だろう？　これ以来、何度も――ぼくは――この宇宙でたったひとりだと感じていた。無神論なんてひどく厄介なものだ。知ってると思うが。世界に意味を与えてやらないといけないから。信仰ってのは最高だろうな。癌で死んでもたちまちつるっと、いや、けろっとして、楽園でブドウやメロンや処女を味わえると信じられるんだから。ヴェネツィアみたいな楽園。しかもあの悪臭もなければ店が早く閉まることもない。誰かが言ってたけど、天国ってのは人間による最もお手軽な発明品だな。」

シャヒードは笑顔を装った。酒を飲みたいと思った。どうして急にこんなに喉が渇くのか分からなかった。怖いのか、この場の雰囲気のせいか。楽園の話を聞いたせいかもしれない。

ブラウンロウは勢いづきはじめた。

「すばらしきかな、ひざまずくことは。それは架空の存在の支配する架空の世界に存在することとなれば。すばらしきかな、至高の天から下されたあらゆる生の掟を持つことは。

何を食すべきか。いかに汝のケツを拭くべきか。」ちょうど彼の握りこぶしはリアーズの鼻から数インチのところにあり、いまにもそいつをもぎとって尻を拭きかねない様子だった。「そして何とおぞましいことか！　迷信の奴隷となるのは。」

　シャヒードは凍りついた。ブラウンロウがリアーズを迷信の奴隷と呼んでいる！　彼にこんな口を聞いた人は誰もいない。どう切り返すのだろう？

　ブラウンロウは止まらない。「遠い昔から伝わるマジック・リアリズム風のおとぎ話！　屈従——きみたちたしかに屈従している自覚はあるんだろう？　そしてか弱き我らの中には、自由意志よりも屈従を望む者もいるのではないか？　そんな幼稚な依存心につけこむ者——それがきみじゃないか？　違うかい？」

　きっとブラウンロウがアルコールを帯びた息を撒き散らしているせいだろう、シャヒードはパブの暗がりが恋しくなった。一パイントのスペックルドヘン、サザンカンフォート、ハイネケン、テネンツ、ギネス、ベックス、ピルス、バド——酒の名前はどれもなんて美しいのだろう、まるで詩人の名前だ！　喉がひりひりしてきた。

　しかしシャヒードは抗った。欲望のままあっちやこっちに揺れ動くのは嫌だった。兄のチリみたいな不摂生とやりたい放題には吐き気がする。けれどもブラウンロウの妻のさまざまな姿が脳裏に浮かび、彼を魅了していた。いまこのとき、ぼくはあの人の鍛えられたふくらはぎをつかみ、膝を割って、太腿からさらに奥へと愛撫の手を滑らせていたかもしれない。

「たしかに」ブラウンロウは言った。「たしかに信仰というのは――」

「信仰に対抗するものは何ですか？」

リアーズはブラウンロウの反撃にも動揺を示さなかった。先々の手まで予期しているチェス棋士の自信をもって情勢を窺っていた。

「それは思考だ。先入観や偏見のない思考。そうだたしかに、絶対に証明もできなければ論理的に説明もできないことを無理やり信じるなんて、きみのような知的な人から見ればだ、それは、それは――」ブラウンロウはなるべく中立的な言葉を探していた。「不誠実だ！　そうだ、不誠実だよ！」

今晩のブラウンロウは手を緩めなかった。

シャヒードがリアーズの顔を凝視すると、そこには何度も笑みが浮かんでいた。リアーズははげかかっていた。その顎と片側の頬にはイボがあった。汗の臭いもした。でもシャヒードはこれまで彼の笑みはユーモアと人間愛と忍従を示すのだと当然のように思っていた。しかしよく観察すると、それは軽蔑だった。リアーズはブラウンロウを阿呆だと考えているだけでなく、蔑むべき者とも見なしているのだ。

「人間は善悪をみずから判断しなくてはならない」とブラウンロウは言った。

リアーズは笑った。「わたしならそのような仕事を人間に任せようなんて思いませんね。」

シャヒードは立ちあがった。

ちょっと散歩してきてもいいかチャドに訊いてみよう。通りからディーディーに電話できるだろう。いますぐ彼女の声さえ聞ければよかった。でもチャドが駄目だと言ったらどうしよう。いや、そうなりそうじゃないか？　そしたら身動きをとれない。ディーディーはぼくに裏切られたと感じるだろう。

どうしてぼくはチャドを怖がらなければならないんだ？　チャドはハイになった体験を忘れられないのに、いまは薬物を金輪際断つことを自らに課している。半狂乱で終始イライラしているのも無理はない。日々の出来事が彼には失望を与えるばかりだ。けれどもチャドだって同胞のひとりにすぎないじゃないか。心を寛くもって接しないといけないだけだ。シャヒードは自分のために戦わなければと心に決めた。

「どうか許していただきたいのですが」、リアーズがブラウンロウに語っていた。「あなたはいささか傲慢ですね。」ブラウンロウは思わず吹き出した。彼は議論を楽しんでいた。

「あなたのリベラルな信念は北ヨーロッパに住む少数民族に属するものです。ところがあなたは他の人類より道徳的に優れているのを事実と見なしている。あなたは自分だけの道徳観を振りかざして他人を従えようとするが、それは――よくご存じのとおり――ファシストどもの帝国主義と手を携えてきたものです。」ここでリアーズはブラウンロウの方に身を乗り出した。「それゆえわたしたちは西洋文明の偽善的かつ独善的な教養趣味に対して身を護らねばならないのです。」

ブラウンロウは額から汗を拭って微笑んだ。その目はどこにも定まらなかった。どこから始めればよいのか分からなかった。彼は息を吸った。

「教養趣味をきみは否定する。至極ごもっとも。しかしこの文明がわたしたちにもたらしたものには――」

「ブラウンロウ先生、それがもたらしたものが何か教えてください」とシャヒードが言った。

「いいことだよ、タリク君。[25] 学生が好奇心旺盛なのは。そうだねえ。」指を折りながら彼は数え上げた。「文学、絵画、建築、精神分析、科学、ジャーナリズム、音楽、安定した政治制度、組織化されたスポーツ――これらが極めて高いレベルに達している。そしてこうしたすべての発展を支えてきた大事なものがある。すなわち、真理の本質の批評的な探究だ。それは明確な根拠と論証を特徴とする。」

リアーズが悪意をこめて言った。「名高いマルクスの弁証法のように、ですか？」

しばらくブラウンロウは黙っていた。そして続けた。「さらには鋼のごとき厳格な問い。決してひるまない。問いと思考。思考は宗教に敵対する。」

「それは思考の価値を貶めるだけです」、鼻を鳴らしてリアーズは言った。

ふたりとも彼を見つめていた。シャヒードは自分にはとても参入できない議論だと感じた。知識が足りずに立場を決められないおのれを呪った。チャドになぜお前は文学が好きなんだと訊かれたときとちょうど同じだった。でもこれはぼくを駆り立てる拍車でもある。

ぼくは学ばなくてはいけない、もっと読んで考えないといけない、自分の見たままの世界と一致するように事実と議論を結びつけなければ。

シャヒードは向こうにいるチャドをちらりと確認した。それから立ちあがってドアに進んだ。

「ちょっと出てくるよ」、彼はリアーズにささやき、なるべく速やかに部屋を抜け出した。

廊下の電話に彼は手を伸ばし、素早くダイアルした。

「怖くなっちゃった」タヒーラが話しかけてきた。「あなたもなの？」

彼はうなずいた。彼女は動こうとしなかった。ディーディーの声が聞こえたので、彼は受話器を降ろした。

「すぐに戻るよ」、いくつものかんぬきと鍵を引き抜いたりひねったりして、最後にドアのチェーンを外しながら、彼はタヒーラに言った。

「どこに行くの？」

「誰かが近所の様子を調べた方がいい。区画がどうなってるかとか、確認しないと。」

「分かった。でもひとりじゃよくないわ。あたしも行く。」

「だめだよ。」

「ほんとに、あたし怖くなんかないのよ。」

「いやぼくがきみのこと心配してしまうんだ。」

シャヒードはドアをすり抜けた。

敷地を抜け出すのに時間がかかった。それでもなお電話を見つけられるかどうかあやしかった。細かい霧雨が降っていて、まるで雲の中を歩いているようだった。雨のにおいがした。この街でこんな爽やかなにおいを嗅いだのは久しぶりだった。空気は潤っていたし、雨の煙る舗道はミュージックビデオを思わせた。もはやどうやって来たのかよく分からない。家に帰る道も見つかりそうにない。

　この一帯は差別主義者が多いことで知られていた。彼は小走りになり、やがて駆けだした。電車の高架下の薄暗いなかで、今日彼らをこっちに運んでくれたタクシーの運転手が客を降ろしているのに気づいた。シャヒードは運転手に声をかけた。彼はシャヒードを覚えていてタクシーの営業所まで連れていってくれた。この世のものとは思えぬ騒音が奥の部屋から漏れていた。運転手が手を広げてシャヒードの行く手をさえぎった。ドアの方を覗くと他の運転手たちがポルノビデオを観ながらトランプに興じていた。

手前の受付からなら彼女に電話をしてもいいということだった。これでやっと目的を達した。

「いままでどこにいたの？　わたしはここで二時間待たされたのよ！　もっと前に電話できなかったの？　女が男にこんなことしたらどう思うのよ？」

ディーディーの声が伝える悔しさと苛立ちに押し流されてしまう前に、彼は弁解した。同胞から緊急の呼び出しがあった。一年前にサディークの一五歳の弟が十数名の若者に囲まれて頭をかち割られていた。特に今回の件は見過ごすわけにはいかなかった。

彼女は聞く耳をもたなかった。まるで他の男たちに味わわされてきた失望のために非難されているようだった。そして彼が、他でもない彼が彼女に呼びさました希望のために非難されているようでもあった。

「ごめん、ごめん、ごめん」、彼は繰り返した。「どうしようもなかったんだ。」

話しているあいだ、窓を見ると少年が外に立っていた。身体にまとわりつく糠雨のなかで、煙草の火が一点赤く灯っている。たぶんタクシーを待っているのだろう。すると少年がこちらを向き、シャヒードをじっと見つめてから頷いた。

「いまこのときも」シャヒードは言った。「外に差別者たちがいて、ぼくを待ち構えているんだ。」

彼女はタクシーに乗るよう促した。お金はわたしが払うから。いますぐこっちに来て、一杯つきあうだけでいいから。こんなことを頼む自分に嫌気が差している様子が電話口から伝わった。

「でも無理だよ」と彼は言った。「今夜はだめだ。」

「じゃあいつ?」

「すぐだよ。電話するから。」

「約束よ。」

「うん。」

彼は大急ぎで電話を離れ、運転手にあのアパートまでふたたび乗せるよう頼んだ。営業所を出ると、あの若者は消えていた。

彼らの一党は夜を徹して番をした。床の上で代わる代わる睡眠をとった。翌朝には講義や学校に用事のある者が立ち去り、代わりに他の連中がやってきた。シャヒードは授業のない日だったから午後まで残っていた。アパートを出たときにはすでにヴィクトリア駅の中央ホールで爆弾が炸裂していた。〔26〕

4

まさにこの道

『俺の子が狂信者』映画脚本への序文（一九九八年）

映画『俺の子が狂信者』の構想が生まれたのは、『ブラック・アルバム』の場合と同じく、一九八九年二月にサルマン・ラシュディが受けた処刑宣告《ファトワ》のことを考えているときだった。当時、さまざまな政治家や思想家や芸術家がメディアに登場し、この尋常ならざる知へのテロに対して声を上げた。びっくりするくらい多くの発言が的外れで、罵倒と偏見を弁護していた。純粋に怒りを表明したものもあったが、ほとんどはどっちつかずで、安心させてくれる程度にリベラルだった。ラシュディが攻撃されたことで、文学の意義や役割とはなにか、物語がなんのためにあるのか、そして物語は異議の申し立てとどう結びつくのかという問題を人びとが考えるようになったのは確かである。

しかし『悪魔の詩』に反対するのも一種の抗議《プロテスト》だと気づいたコメンテーターは皆無に近かった。イギリスでは多くの若いアジア系住民がイスラムに目覚め、なかには原理主義とよく呼ばれる特に過激な一派に向かう者もいた。もちろん、この若者たちのほとんどはイスラム教徒の家で育っていた。しかし、彼らの家族はたいてい、新しい生活を築こうとやってきた国で暮らすうちに、敬虔な生活習慣をすっかり手放していた。

世俗的なイギリスで育った若者が、自分の住む社会にある快楽を否定する宗派に向かおうとすることに、ぼくは戸惑いを覚えた。イスラムはとりわけ厳格にあらゆる物事に否定の言葉を告げるものだ。若者の生活というのは、その多くの時間が快楽に捧げられる。セックスや音楽、クラブ通いや友だちづきあいがもたらす快楽、そして親元を離れて自分の考えを確立するという大切な快楽もある。あの若者たちが快楽を遠ざけるのを重視していたのはなぜなのか。喜びを与えてくれるものを心で渇望しながら、ひたすら否定し続けるという、実にじれったい関係を保とうと望むのは、どういうことなのか。あるいはこのピューリタニズムは一種の反逆で、この時代の制度――セックスに溢れているのに子供を生み育てない社会――に果敢に突きつけた拒絶なのだろうか。この若いイスラム教徒たちはあえて無に帰ろうとしているのか。理由はなんだろうと、ここに未来への夢があるのはあきらかだ。それだけではなく、夢がいま再び労力を注ぐべき健全な対象になっていた。けれども彼らの要望する未来とはどんなものなのか？

まさかと多くの人が感じるだろうが、ぼくらは新しい神権政治の時代を生きているんじゃないかと思うことがある。六〇年代というのは、物事を見透かして、笑いや疑問とともにバラバラにするのを好んだ時代だったから、古めかしい教会関係のがらくたをすっかり片づけてしまったのだろう。けれど西洋の六〇年代は、気紛れでヤク漬けでなんでも信じやすいとあって、啓蒙主義を始末するのに手を貸しもした。気味の悪いカルト、迷信を信じる団体、ニューエイジの信奉者、風変わりなセラピスト、予見者、グル、その他あらゆる指導者がのさばりだしたのはまさに六〇年だった。このように信仰が求められ、新しい偶像がつぎつぎに建てられたものの、概して無害だった——アメリカ流の自己実現とギリシャ風の完成した人間を混ぜ合わせ、そこにありがちな抑圧をたっぷり注いで効用を台無しにした代物だった。

しかし、若いイスラム教徒が好む宗派は、特に厳格でしばしば権威主義的だった。古い宗教が新たな方法で使われていて、ぼくが興味を抱いたのはこの使われ方だった。人びとがどうしてこんなにも自分自身の精神のかけがえのない自由を他人に——宗教学者《モーラヴィー》、そしてコーランに——進んで明け渡そうとするのか、いつも不思議でならなかった。どうかんがえても、ぼくの会った若者たちは莫迦ではなかった。むしろ聡明な人が多かった。それなのに彼らは罪を容赦しない神に服従するために自分を変えようと大変な努力をしていた。

　明らかに、「権威の危機」が迫っている場合には、つまり古い階級構造が崩れ落ちて何も信じられない気分が広がったときには、煩わしい疑問などまったく認めない、とびきり厳格な権威を生めば問題を解決できる。「自由がありすぎるんだ」と若者たちのひとり、アリはしょっちゅう言っていた。方やぼくは、自由はいくらあっても足りないと常々思っている人間だから、これには興味をそそられた。

　アリはチェーン展開する大手スーパーマーケットで働き、棚に商品を積んでいた。大学で学位をとっていたというのに。つまらない仕事だった。どこに行くにも頭を下げねばならないし、バーに飲みにいっても不愉快な冗談を言い合うことになる。時には女と握手しなければならない。どうやったところで、アジア人は昇進できなかった。どうしてなのか。彼はこんな考えにふけるのだった。ユダヤ人が重要な仕事を差配しているせいだと。彼はずっと職に応募していたが、一度として通らなかった。どうしてなのか、ぼくには分からない。彼は実に礼儀正しかった。ぼくに贈り物さえくれた。ネクタイ、マンゴー、コーラン。知的好奇心も旺盛で、いつも新しい本を買っては嬉しそうに見せてくれた。アリは中東の歴史と政治にとても詳しかった。普通の西洋人はそれをろくに知らない、と彼は訴えていた。こっちは西洋を知っているのに、西洋は偏ったメディアのイメージでしかこっちを見てくれない。その結果、西洋はおのれの傲慢さを想像もできないし、西洋の外にあるものにどれだけ無関心であるかを気にかけてもいないのは明白だった。

アリとぼくではあまり議論できることがないな、と思ったちょうどそのときに、彼はアルジェリアでのジャーナリストの——そして他の人たちの——殺害[27]に反対ではないと言いだした。あいつらは「敵」だからだ。あの人たちに罪があるのは彼にとって当然なのだ。おそらく、殺害されたという事実が罪の根拠にされていた。こんな会話の合間に、彼はよくマルコムXの言葉を引用した。「必要ならどんな手を用いても」——現代の解放の合い言葉が、こうして理不尽な暴力の道具になってしまった。最初にどういう文脈でマルコムXがこの言葉を使ったのか思い出せなかったが、明らかになんにでも応用できる言葉だった。意味が揺らいでいた。最近では言葉さえもじっとしてくれない。アリ自身についても、彼を「原理主義者」すなわち狂信的なイスラム教徒を指すために考案された新語で呼ぶことができるだろう。本人も自分を指してこの単語を用いていた。だが同時に彼はイスラム教徒が新聞で「テロリスト」とか「狂信者」のように描かれるのに不平を訴えた。一冊の本に端を発した議論は、他のなによりも言葉をめぐって、また語句の意味するものをめぐって続いていた。

「西洋」は自由主義《リベラリズム》と同じく、あらゆる悪を表わす言葉だった。西洋の自由が彼を不安に陥れたのだ。自由がありすぎるのなら、それをより控えなくてはいけない。物事をあきらめるのは難しくないか、とぼくは訊ねた。かつて彼は熱心にクラブに通いつめていた。人妻と不倫もしていた。「誘惑を退けると強い気分になる」と彼は言った。「けれども誘惑に屈すれば弱さを感じてしまう。西洋なんて中毒患者だらけじゃないか。」

このように、西洋は彼の嫌いなものにあふれた場所だった——あるいは彼が嫌いなものを押しつけていたのかもしれないが。そしてそこは彼の容認できない物事に人びとが屈服している場所だった。彼はトラファルガー広場で開かれるイスラム教徒の集会のチラシをくれた。そこには「蔓延する犯罪、同性愛、貧困、家庭の崩壊、薬物と酒の濫用は、西洋の自由と民主主義がなんの役にも立たないことを示す」と述べられていた。それゆえに、アリとその仲間は絶対こちらで子供を育てないと決めていた。でもそれは彼が自分の出自を憎み、自分に影響を与えた力を憎み、自分の住む場所を憎むことも意味した。

彼の言動には何か聞き覚えがあると思っていたが、ようやくそれがチェスラフ・ミウォシュの『囚われの魂』の一節と似ているのだと思い当たった。（ここでミウォシュは東欧の共産党系知識人のことを述べている。）「西側に向けて最大級の嫌悪を示すこと、これが公式の要請である。西の何もかもが悪なのだ——列車は定刻に走らない、商店は空っぽだ、買い物しようにもお金がないから、通行人は見すぼらしい、聞こえ高い技術には何の価値もない等々。西側の作家、画家、音楽家の名を耳にしたら、嫌な顔をして見せ、唾を飛ばしたいかのように口をつぼめるのが得策だ。反コスモポリタニズムが金科玉条とされるからである。[28]」

あまりに多くの選択肢、機会、欲望を前に、いまにも溶けてなくなりそうな主体にとって、禁欲は防壁となるかもしれない。周囲でめまぐるしく変わるものに反対し、欲望をかき立てそうなものを拒絶することで、まとまりのある自分を維持しようというのだ。さまざまな堕落の種や腐敗した快楽に脅かされているとき——あるいは自由な、つまり反抗的な人びとの活動に社会が怖れを抱いているとき——イスラムが必要なだけ権利を奪ってくれるだろうし、自己のさまざまな可能性の幅を狭めてくれるだろう。

どのページでもいいからコーランを開いてみるといい。そこにはたいてい脅し文句がある。「まことにわれらは最下天を灯明（星々）で飾り、それ（灯明）を悪魔たちへの投石とし、彼らには烈火の懲罰を用意した。また、己の主への信仰を拒んだ者たちには火獄《ジャハンナム》の懲罰がある。またなんと悪い行き着く先であることよ。[29]」

このように、十分な規則と罰が手に入る。厳しい束縛がなければ、物事を制御できなくなるかもしれない。とりわけ誰もがなにひとつ確信を持てないポストモダン世界では。だからこそ、多くの人がなにも知らずに移り住んだ西洋の「腐敗」に対し、新しい権威を打ち立てることが可能になるのだ。イスラムという権威、特にイスラムを擁護する人びとの権威である。純潔という革命的あるいは対抗的な観念がなければ、純潔とは何かを知っていて、それが冒されたときに教えてくれる人たちも存在しないだろう。こういう人たちが——それは決まって男なのだけれど——強い力を持つようになった。若者たちは彼らに多大な権威を与えた。

エドワード・サイードはこう書いている。「現在ヨーロッパには、かつての植民地地域からの移民たちによるさまざまな集団がある。この人たちにとって、一八〇〇年から一九五〇年のあいだに形成された『フランス』や『イギリス』や『ドイツ』という概念自体が自分たちを疎外するものなのだ[30]。」

だから、この若者たちの人生の背景に植民地主義があることを忘れてはいけない——彼らは自分の国で劣等感を抱かねばならないのだ。おまけにイギリスには人種差別もある。ますます彼らは自分の国で劣等感を抱くことになる。ぼくの父の世代は希望と期待に胸を膨らませてイギリスに来た。危険が待っているかもしれない。困難が立ちはだかるかもしれない。でも挑むだけの価値がある、と思ったのだ。

しかし、新天地になじむには、さまざまな妥協と喪失を味わわねばならず、その道のりは想像もつかないほど複雑だし、時間もかかった。それでもいつかは「帰属」が生じること、すなわち自分がどこにいるか気づかされることもなく、（こっちの方が重要だが）他者と見なされもしない状態になることをずっと信じていた。ところがそうはならなかったので、退去して押し寄せた戦後移民の子供や孫のあいだに相当な怒りと失望が広がっている。わずかな例外を除き、アジア系住民はいまだに社会の最下層にいる。失業、劣悪な住環境、差別と病気に苦しむことが少なくない。こう考えると移住は失敗だった。「西洋」とは実現しない夢なのだ。しかし二度と故郷には帰れない。もはや行き場がない。

たしかに、このことが人びとに与える影響はさまざまだろう。しかし間違いなく、自分の国で差別の犠牲になるのは窮屈で、不自由で、屈辱的である。排除されたと感じたら、他人を排除したくなるものだろう。原理主義者は自由主義社会ではありふれた信念を、時に芝居がかった身振りで拒否してきた。しかし彼らには敵こそ——同性愛者、ユダヤ人、メディア、従順ならざる女、作家こそ——大事なのだ。彼らの自己認識は、市会議員や地方の似非教養人《スノッブ》と同じように、排除するものに依拠していた。それだけでなく、西洋の中心にある信条——民主主義、多元主義、寛容さ——は、それを手にするため、イスラム圏の国々の多くの人たちが、イスラム教徒も非イスラム教徒も一緒になって戦っているというのに、原理主義者からは冗談として一笑に付されることがあった。植民地主義と人種差別に人生を否定された人びとからすれば、そんな思想は贅沢品で、自分たちには無縁の代物としか思えなかったのだ。いわばそれは偽善の産物だった。

　だから、ぼくと話すときアリはいつも言い張っていた。「自由とか民主主義なんてものは存在しない」とか「そんな抽象概念は一握りの連中にしか現実味をもたない」と。彼にとって、余計な条件なしに存在できないものなどまったく存在しないのと一緒だった。ミウォシュならアリの態度を悲しみをこめて「失望した愛」と呼んだことだろう。そしてあらゆるものがまさに失望を湛えているようだった。希望がなかったとまでいうつもりはない。たとえば、イスラムの国々をいま支配している腐敗した連中が一掃されたら、あらゆる点で思いやり深く、神の御言葉に従って民衆の利益のために働く「真の」イスラム教徒が取って代わるだろうとアリは信じていた。現在に満足できず、とても生きていけないとしても、実際その状況はずっと変わらないだろうが、彼には完璧な未来があった。それはおそらく、いつまでも冒されず未来に留まるだろう――それがあるべき最適の場所、そして彼の目的にもかなった場所に。

原理主義は安心を提供してくれる。原理主義者の場合、あらゆる反動主義者と同様、すべてがすでに決定されている。真実はすでに承認されたものだから、なにひとつ変えてはならない。対照的に、穏やかな自由主義者《リベラル》にとって、難題に直面する楽しさ、そして自力で答えを発見したいと逸る気持ちがもたらす喜びに比べれば、知っていることで得られる慰めは大したものではない。けれども、すべてを知ることはできないという感情に押し潰されそうになることもあるだろう。自分は何者か、自分を認めない他者のなかで生きていくことなどできるのかという、狂おしくも生々しい問題から決して逃れられない、と思えばなおさら辛いだろう。おそらくこの手の難題を抱えて生きていけるのは、ある限られた期間だけなのかもしれない。これまでずっと合理主義者は民衆が信仰をどれだけ必要としているかを低く見積もってきた。啓蒙主義のさまざまな価値観——合理主義、寛容さ、懐疑主義——では、恐怖の夜をやり過ごせない。心の安らぎも居場所も人の絆も与えてくれないからだ。イスラム原理主義はそれを与えてくれる。自分の国で毎日異邦人のような扱いを受けているなかであっても。

イスラム原理主義は根本的に間違っていて、理不尽なまでに抑圧的で、しばしば残酷なものだと、ぼくは常々思っている。ただしそれが復活したさまざまな理由は理解できる。まさにそのために、ぼくはこの問題を思想として探るだけではなく、物語のうちに、人物のうちに、そして人びとの行動のうちに探りたくなったのだ。作家にとって、たったひとつの物語、そこですべてが語られ、あらゆる物語を終わりにする物語などありえない。物語は人の望みの数だけ生まれ、無数の目的をかなえてくれる。時にはなにもかなえてくれない物語だってある。けれども一番大事なのはさまざまな喜びを与えることだ。そして忘れるべきでないのは、『千一夜物語』、おそらくなによりも偉大な書物で、間違いなく最高に楽しい書物のひとつが、『コーラン』と同じアラビア語で書かれているということだ。創造性にあふれ、いままで存在しなかったものを作り出し、生き生きした想像の翼を力強く広げるこの作品は、異質なものを人間らしく肯定し、自分を知るために必要不可欠なものを具体的に示している。それがなければぼくらの人間性はつまらないものになるだろう。

5

俺の子が狂信者

短篇小説（一九九七年）

こっそりと父は息子の寝室に忍びこむようになった。そこで何時間も座り続けながら、手がかりを探さねばとやきもきするばかりだった。父がこんなに落ち着かないのはアリがきちんとしはじめたからだった。いつもは服や本やクリケットのバットやゲーム機が絡まりあっていた部屋が整理整頓されつつあった。床一面に物がばら撒かれていたところに、いまや足の踏み場が出現しはじめていた。

最初のうちパルヴェズは、俺の子もなかなかしっかりしてきたぞ、と喜んでいた。ところがある日、ごみ箱の脇に破れた袋があるのに気づいた。そこから覗いていたのは古いがらくたばかりじゃなく、パソコンのディスクやビデオテープ、新刊書に流行の服もあった。どれもあいつがほんの数カ月前に買ったものだ。しかもなんの説明もなく、アリにはイギリス人の彼女と別れていた。家によく来てくれていたのに。ずっと仲のよかった友だちもすっかり電話をよこさなくなった。

自分でも理由は分からないけれど、パルヴェズはアリにいつもと様子が違うことを指摘する気になれなかった。どうやら息子に微かな怖れを抱きはじめているらしい。なにしろ、じっと黙っていると思ったら、棘《とげ》のある言葉を投げつけてくるのだ。やっとパルヴェズが「ギターを弾くのを止めたみたいだね」と指摘してみると、謎めいた、でもきっぱりした答えが返ってきた。「もっと大事なことをやらないとだから。」

しかしパルヴェズは息子の妙な態度を不当なものだと感じていた。彼は同僚の息子たちがイギリスで嵌った落とし穴にはいつも用心してきた。だからこそ、アリのために何時間でも働き、あいつを会計士にするための教育費を惜しみなく注いできた。いいスーツだって買ってやった。本はなんでも言われるままに購入し、パソコンも与えた。なのにあいつは自分の持ち物をすっかり投げ捨てようとしているのだ。

テレビ、ビデオデッキ、オーディオシステムがギターに続いて消えた。すぐに部屋は裸も同然になった。壁さえもアリの写真の剝がされた跡を寂しげにさらしていた。

パルヴェズは眠れなかった。いままで以上にウイスキーのボトルに手が伸びた。仕事中でも抑えられない。すぐにでも気の合う人を見つけて相談しなければと切に感じた。

パルヴェズは二〇年もタクシーの運転手をしてきた。うち一〇年はいまの会社で働いている。ほとんどの運転手が彼と同じパンジャーブ地方の出身だった。みんな夜中に働くのを好んだ。その方が道もすいているし、金も儲かるのだ。昼のあいだは眠って、妻を近づけなかった。タクシーの営業所にたむろす男どもは、男子高校生の集団さながらの日常を送っていた。トランプで遊び、いたずらに興じ、猥談で盛り上がり、一緒に食事をとり、政治を議論し、個人的な悩みを相談していた。

しかしパルヴェズは、この話題を友だちの前に出すのをためらっていた。すごくきまりが悪かった。それに、息子が道を誤ったのはお前のせいだ、と非難を浴びるんじゃないかと怖れてもいた。なにしろ、同僚の息子たちがよからぬ女と遊びまわり、学校をサボりはじめ、悪い連中の仲間になったときに、父親のお前のせいだと非難したのは彼自身だったのだから。

もう何年も、息子のアリのことをパルヴェズは同僚に自慢していた。あいつはクリケットも水泳もサッカーも抜群に上手だし、勉強にもまじめに取り組んで、ほとんどの教科でオールAを獲得した。そろそろいい仕事を見つけて、お似合いの娘と結婚し、家庭を築いてほしいとあいつに望むのは欲張りだろうか。そうしてくれるだけで、俺は幸せになれるのに。イギリスで成功したいという俺の夢が実現したはずなのに。どこで間違えてしまったんだ？

しかしある晩、営業所で破れた椅子に腰かけながら、ふたりの親友とシルヴェスター・スタローンの映画を観ていると、ついに黙っていられなくなった。

「俺には分からない！」彼は思いを一気に吐き出した。「あいつの部屋からどんどん物が消えていく。なのにいまの俺はあいつに声もかけられない。前の俺たちは父と息子なんてもんじゃない――兄弟みたいだったのに！　あいつはどこに行ったんだ？　なんで俺を苦しめるんだ！」

そのままパルヴェズは頭を抱えこんだ。

こうして悩みを打ち明けているあいだにも、他の男たちは首を振り、「あれか」というような目配せをしきりに交わしていた。同僚の深刻な表情を見て、みんなこういう事情に通じているらしい、とパルヴェズは気づいた。

「何が起きてるのか教えてくれ！」と彼は迫った。

勝ち誇ったような口調で答えが返ってきた。「なにかおかしいとは思ってたんだ。もう間違いない。アリはドラッグに手を出して、金が足りないから自分の物を売ってるんだ。あいつの部屋から物が消えてくのはそのせいさ。」

「じゃあ俺はどうすりゃいい？」

友人たちは、アリをよく注意して観察するんだ、それと決して甘い顔をしてはいけない、と指導した。さもないとあいつは頭がおかしくなり、クスリをやり過ぎて死ぬか他人を殺してしまうと。

パルヴェズは外に出て、未明の空気のなかをふらふらと歩いた。みんなの言うことが正しいのなら恐ろしかった。俺の子が――ヤク中の人殺しだなんて！

車にたどり着くと、なかにベッティーナがいてホッとした。

たいてい夜の最後の客は地元の「派手な女」つまり売春婦だった。タクシーの運転手は彼女たちをよく知っていた。たびたびお相手のところに連れていくからだ。女の子のお勤めが終わって、家まで送り届けるのもこの男たちだった。ときには営業所での飲み会に女が参加することもあった。まれに運転手が女の子と深い仲になったりもした。「乗せるお礼に乗せてもらう」関係というわけだ。

ベッティーナはパルヴェズと知り合って三年だった。彼女は町の外に住んでいて、家に着くまでの長いドライブでは、客用の後部座席ではなく隣の助手席に座った。前からパルヴェズは自分の生活と夢を彼女に語ってきたし、彼女の方も自分のことを語っていた。ほぼ毎晩、ふたりは会っていた。

妻にも絶対に話さないことであっても、彼は彼女になら打ち明けることができた。ベッティーナの方も、自分の夜の活動をいつも報告してくれた。彼は彼女がどこで誰と会っていたのかを知りたがった。前に彼が乱暴な客から彼女を助けたことがあり、それからふたりは互いに好意をもつようになっていた。

ベッティーナは一度もあいつに会っていなかったけれども、アリのことはずっと聞いていた。あの日の深夜、アリがドラッグに手を出してるんじゃないかと彼が告げると、ベッティーナは息子も父も批判せず、しっかりした口調で何に気をつけるべきかを諭した。

「すべては目に現われるの。」彼女は言った。「血走っていることもあるし、瞳孔が広がっていたりもするわ。疲れた様子をしているかもしれない。すぐ汗を掻いたり、急に気分が変わったり——分かった？」

ありがたい気持ちでパルヴェズは観察を始めた。問題がつかめてきたので、前よりは気が楽だった。それにきっと、まだ手遅れってことはないだろう、と彼は踏んでいた。ベッティーナの助けがあれば、すぐに解決できるはずだ。

わが子が食べ物を口に運ぶたびにじっと様子を窺った。あらゆる機会をつかんで息子のとなりに座り、目のなかを覗いた。なるべく息子の手をとって体温を確認した。あいつが家にいないときのパルヴェズは活動的になり、カーペットの下、引き出しのなか、空っぽの衣装だんすの裏を覗きこみ、においを嗅ぎ、詳しく調べ、奥まで手で探った。何を探し出すかは知っていた。ベッティーナがカプセルや注射器、錠剤や粉や結晶の絵を描いていたからだった。

毎晩、彼女は彼の調査報告を聞くために待ってくれていた。

数日間、気を抜かずに観察を続けた結果、パルヴェズは分かったことを報告した。あいつはスポーツを止めてしまったけれども、健康そうだし目も澄んでいる。じっと見つめても、俺の予想と違って、あいつは罪の意識を感じて目を逸らしはしなかった。それどころか、注意深く落ち着いた雰囲気を放っていた。押し黙ってこそいるけれど、油断なくあたりを窺っているみたいだった。父親がずっと見ているのに気づくとあいつは睨み返してくるんだが、批判を隠さないどころか、まるで罪を咎《とが》めているみたいなんだ。あまりに睨むから、間違っているのはこっちの方で、あいつではないのかな、なんて気がしてきたよ！

「それで他に身体の変化はないの？」とベッティーナは訊ねた。

「何も。」パルヴェズはしばし考えた。「ただ、髭を伸ばしはじめたよ。」

ある日の夜、終夜営業のコーヒー・ショップでベッティーナと語らったあと、パルヴェズはいつにも増して遅く帰宅した。すっきりしないまま、彼とベッティーナは唯一の答えと思われたドラッグ説を放棄した。ついにパルヴェズはアリの部屋に何もドラッグらしきものを見つけられなかったからだ。しかもアリは自分の物を売ってはいなかった。彼はそれを捨てたり、あげてしまったり、慈善団体の店に寄付していた。

　帰宅して玄関に立ったパルヴェズの耳に、息子の目覚まし時計の音が飛びこんできた。慌ててパルヴェズが寝室に入ると、まだ妻は起きていて、ベッドで針仕事をしていた。黙って座っていろ、と彼は妻に命じたのだが、妻は立ち上がってもいなければ、まったく喋ってもいなかった。ここを見張り台にして、何事かと見つめる妻の視線を受けながら、彼はドアの隙間から息子を観察した。

　あいつは風呂場に行ってシャワーを浴びた。息子が部屋に戻ると、パルヴェズは跳び越すように廊下を渡ってアリの部屋のドアに耳をつけた。ぶつぶつ呟《つぶや》く声がなかから聞こえる。戸惑いながらも、パルヴェズは胸を撫でおろした。

　こうして手がかりをつかんだので、パルヴェズは他の時間にも息子の行動を観察した。あいつは祈っていた。欠かすことなく、家にいるときは、一日に五回祈りを捧げていた。

　パルヴェズが子供時代をすごしたパキスタンのラホーレでは、男の子はみんなコーランを教えられた。勉強中に居眠りをしないように、宗教の教師《モーラヴィー》が天井から紐を垂らし、その端をパルヴェズの髪の毛に結いつけた。首が前に傾いたらすぐに目が覚める仕掛けだった。

こんな屈辱を受けてから、パルヴェズは宗教とくればなんでも避けてきた。他の運転手だって信仰については同じようなものだった。いや実は、宗教にうるさい地元の先生方《ムッラー》を見て、彼らはこんな冗談を飛ばしていた。帽子をかぶって、髭もたくわえて、俺たちに生き方を指導してやると自惚れているけれど、あの先生方の目ときたら、世話してる男の子や女の子たちの身体をじろじろ眺めまわしてやがるのさ。

パルヴェズはベッティーナに自分の発見したことを詳しく伝えた。タクシー営業所の同僚にも報告した。これまで興味津々だった仲間たちが、いまや気味が悪いくらい何も言わなくなった。祈っていることで息子を叱るわけにもいかないからだ。

パルヴェズは夜勤を一度休んで、息子と外出することにした。いろいろと話し合ってみよう。学校はどんな様子か聞きたいし、パキスタンにいる親族のことも話してやりたい。そしてなによりも、どうしてアリが（ベッティーナの言う）「精神世界」を発見したのかを理解したかった。

驚いたことに、息子は一緒に外出するのを断った。約束があると言うのだ。パルヴェズは、息子が父と結ぶ約束より大事なものなどありえないと、頑固に言い張らねばならなかった。

その次の日、パルヴェズはベッティーナのいる通りにまっすぐ向かった。雨の中、彼女はハイヒールとミニスカート姿の上に長いレインコートをまとい、車が通り過ぎるたびにコートを広げて誘っていた。

「乗って！　乗って！」と彼は声をかけた。

ふたりは車で荒れた野原を抜け、なじみの場所に停めた。もっと天気がよい日には、何マイルも先まで野生の鹿と馬のほかに視界をさえぎるものがないここの景色を一緒に眺めながら、車のリクライニングを倒し、半ば目を閉じて「生きてるってこういうことなんだ」と語らうこともあった。だが今回、パルヴェズは震えていた。ベッティーナは両の腕を彼の肩にまわした。

「どうしたの？」

「いままで生きてきて最悪の経験をしたところだよ。」

ベッティーナに頭を撫でてもらいながら、パルヴェズは前日の晩にアリとレストランにいったことを話した。メニューを眺めていると、彼のなじみのウェイターがいつものウイスキーの水割りを持ってきてくれた。うまくいくかとても不安だったので、パルヴェズはわざわざ質問を用意していた。彼はアリに、もうすぐ試験の時期だけど心配じゃないか、と聞くつもりだった。でもその前に、緊張をほぐすつもりでネクタイを緩め、パパダムという豆粉のせんべいをバリバリ噛んで、ウイスキーをぐいぐい飲んだ。

やっと話せると思ったところで、アリが顔をしかめた。

「アルコールを飲んではいけないことを知らないの?」

「とてもきつい口の聞き方だった」パルヴェズはベッティーナに言った。「生意気なことを言うな、と叱りつけそうになったけれど、どうにか自分を抑えたんだ。」

彼はぐっとこらえてアリに言って聞かせた。もう何年も俺は一日一〇時間以上働いてきたんだ。ろくな楽しみもなく、遊びもせずにな。休みを取って外出なんて一度もなかった。だから飲みたいときに一杯やるくらい罪にならないだろう?

「でも禁止されてるんだ」と息子は言った。

パルヴェズは肩をすくめた。「分かってるさ。」

「賭け事だって禁じられているでしょう?」

「ああそうさ。でも俺たちは所詮人間だろう?」

パルヴェズが飲むたびに息子は身をすくめたり、嫌そうな顔をしてみせた。そのせいで彼はどんどん飲んでしまった。それを見たウェイターは友人のパルヴェズに気を利かせてもう一杯ウイスキーを持ってきた。酔っ払いそうだとは思ったけれど、もう抑えることができなかった。アリは不快感と非難に満ちた、ぞっとする表情を浮かべていた。まるで父親の俺を憎んでいるみたいに見えた。

食事の途中でパルヴェズは急に怒りがこみ上げてきて皿を床に投げつけた。テーブルクロスも引きはがしてやろうかと思ったが、ウェイターや他の客がじっとこちらを見ていた。それでも彼は自分の子供から何が正しくて何が間違っているか説教されるなんて我慢がならなかった。まったく、俺は悪いやつなんかじゃない。俺には良心ってものがある。いくつか間違いはしでかしたと思うが、だいたいのところ俺はまっとうな人生を歩んできたんだ。

「俺がいつ不正を働くことができたっていうんだ？」彼はアリに訊ねた。

低い声で淡々と息子は説いた。実をいうとパルヴェズは善い人生を送っていなかったのだと。父さんはコーランの決まりをいくつも破ってきたじゃないか。

「たとえば？」パルヴェズは問い質した。

アリに考える時間など必要なかった。このときを待っていたかのように、彼は父に訊ねた。父さんはいつもポークパイをうまそうに食べてないですか？

「いや、それは……」

カリカリのベーコンにマッシュルームとマスタードをたっぷり載せて、薄切りの揚げパンに挟んだやつは、たしかにパルヴェズの大好物だった。実はこれを毎日、朝食で口にしていた。

さらにアリはパルヴェズが他でもない妻に「もう村にいるわけじゃない。ここはイギリスだ。こっちの習慣に従いなさい」と命じて、豚のソーセージを調理させていることも指摘した。

こんな非難を浴びたパルヴェズは腹が立つやら混乱するやらで、さらに酒を注文した。

「問題はこういうことさ」と息子は言った。彼はテーブルに身を乗り出していた。その晩にはじめて彼の瞳は輝いていた。「お父さんは西洋文明の罠にはまっているんだ。」

パルヴェズは思わずげっぷをした。息がつまりそうだった。「罠だって！」彼は言った。

「でも俺たちはここに住んでるんだぞ。」

「西洋の物質主義者どもはぼくらを憎んでいる」とアリは言った。「父さんは自分を憎んでいるやつを好きになれる？」

「ではどうするのが正しいというんだ」パルヴェズは哀れっぽく訊ねた。「お前の考えを聞かせてくれ。」

アリは父親に澱《よど》みない弁舌を披露した。身勝手に騒ぐ群衆を落ち着かせ、説得するかのように、パルヴェズに語りかけた。イスラムの掟が世界を支配するだろう。罰当たりな者どもは皮を何度も焼かれるだろう。ユダヤ教徒とキリスト教徒は駆逐されるだろう。西洋とは、偽善者、姦通者、同性愛者、薬物常習者と娼婦の掃き溜めである。

アリの話を聞きながらパルヴェズは窓の外を見たが、それは自分たちがまだロンドンにいるかを確認しているようだった。

「わが同胞はもう黙ってはいない。迫害がやまなければ聖戦《ジハード》あるのみだ。ぼくも、他の何百万もの人たちも、大義のためなら喜んで命も捧げる覚悟だ。」

「でも、なんの、なんのために？」パルヴェズは訊ねた。

「ぼくたちは天国で報われることになる。」

「天国！」

とうとうパルヴェズの目は涙でいっぱいになり、息子は彼に生き方を改めるよう促した。

「どうしたらそんなことできるんだ？」パルヴェズは問いかけた。

「祈りなさい」アリは言った。「ぼくのとなりで祈るんです。」

パルヴェズは勘定を頼み、さっさとレストランを出るように息子をせっついた。もうたくさんだ。アリはまるで誰か別人の声で喋ってるみたいじゃないか。

帰り道、息子は客のようにタクシーの後ろに座った。

「どうしてお前はそうなったんだ？」よく分からないけれど、自分がすべての元凶ではないかと怖れながら、パルヴェズは訊ねた。「なにかきっかけがあってお前は変わったんだい？」

「この国で暮らしてれば当然ですよ。」

「でも俺はイギリスが好きなんだ。」

バックミラーに映るわが子を見ながらパルヴェズは言った。「こっちじゃほとんど何でも許されてるじゃないか。」

「それが問題なんだ」と息子は返した。

これまで一度もこんなことはなかったが、パルヴェズはまっすぐ前を見ていられなかった。おかげでトラックに車の側面をぶつけ、サイドミラーをもぎとられてしまった。警察に止められなかったのは幸いだった。パルヴェズは免許を失い、結果として仕事まで失くすところだった。

家の裏手で車を降りると、パルヴェズは足を取られてぬかるみに落ちた。手を擦りむき、ズボンが破けてしまった。でもどうにか彼は自力で立ち上がった。息子は手を差し伸べもしなかった。

パルヴェズはベッティーナにこう語った。もう俺は祈ってやろうかと思ってるよ。あいつがそうしてくれと言うのなら。それであいつの目から憐れみの色が消えるのならば。

「でも絶対に認められないのは」、彼は続けた。「自分の息子からお前は地獄行きだと言われることだよ！」

パルヴェズにとどめの一撃を刺したのは、息子が会計士になるのをやめると言ったことだった。どういうことだ、とパルヴェズが訊ねると、アリはそんなの当然じゃないかと蔑むように返答した。

「西洋の教育は反宗教的な生き方を吹き込むから。」

しかも会計士の世界では女に会い、酒を飲み、金貸しを営むことが普通だから、というのがアリの意見だった。

「でも実入りのいい仕事だし」、パルヴェズは食い下がった。「何年もお前はそのために勉強してきたじゃないか。」

ぼくは刑務所の仕事に就くつもりです、とアリは言った。腐った社会に立ち向かい、汚れない信仰を守ろうと闘う虐げられたイスラム教徒の力になりたいんだ。この晩を締めくくったのは、寝に行く前にアリが父に放った質問だった。父さんはどうしてあごひげを伸ばさないの？　せめて口ひげぐらい生やしたら？

「息子を失ったような気分だよ」、パルヴェズはベッティーナにこぼした。「犯罪者みたいに見られるのには耐えられない。よし、俺は決めたよ。」

「何を？」

「俺はあいつに礼拝用のマットを持って俺の家から出ていけと言うつもりだ。いままでに味わったことのないような辛い経験になるけれど、今晩にでもやるよ。」

「アリくんのことをあきらめちゃだめ」とベッティーナは言った。「カルトや怪しい宗教にはまる若い子はたくさんいる。でもそういう子はいつまでも考えを変えないわけじゃないのよ。」

彼女はパルヴェズに、子供を見捨ててはいけない、目が覚めるまで支えてあげてと促した。

たしかにそうだ、とパルヴェズは考えを改めたが、自分がこれまで与えてきたあらゆるものに少しも感謝してくれない息子に、もっと愛情を注ぐ気分にはなれなかった。

それでもパルヴェズは息子の目つきと叱責に耐えようとがんばった。息子の信仰について語り合おうともした。しかしパルヴェズが思いきって批判めいたことを口にしても、アリは乱暴に言い返すだけだった。あるときなど、アリはパルヴェズが白人の前で「這いつくばっている」と非難した。それにくらべてぼくは「劣等」ではないと息子は説いた。世界は西洋だけのものじゃない。なのに西洋はいつも自分が最高だと思っているんだ。

「どうしてお前にそれが分かる？」パルヴェズは言った。「イギリスの外に出たこともないくせに。」

アリは軽蔑の眼差しで答えた。

ある晩、息が酒臭くないことを確かめてから、パルヴェズはアリと一緒に食卓の前に座った。あごひげを生やしはじめたのをアリが褒めてくれるかなと期待していたが、気づきもしないようだった。

その前の晩、パルヴェズはベッティーナに語っていた。西洋の人間はときどき心の内側が空っぽだと感じているんじゃないかな。俺たちには生きるための哲学ってものが必要だと思うんだ。

「それだわ」とベッティーナは言った。「それが答え。あなたはアリくんにあなたの人生哲学を伝えなければいけないわ。そうすればあの子はこの世にさまざまな信念があるって分かるはずよ」

慣れない考えをめぐらせて疲れたけれど、パルヴェズはちゃんと準備をしていた。息子の方はまったく期待していない目つきで父を見ていた。

たどたどしくパルヴェズは語った。人間というのは互いを尊重しなくちゃいけない、特に子供と親は。この言葉は、一瞬ではあるがたしかに息子に響いたようだった。しめたとばかりにパルヴェズは続けた。俺の考えじゃ、この人生こそ在《あ》るもののすべてで、死んだら俺たちは土のなかで腐るだけだ。「俺の身体からは草が生え、花が咲くだろう。それでも俺の一部は生き続けるんだ。」

「どうやって？」

「ほかの人たちのなかにさ。俺は存在し続けるんだ——お前のなかに。」ここで息子はちょっと戸惑いを見せた。「いずれはお前の孫のなかにも」とパルヴェズは付け足してやった。

「だけどこの地上にいるあいだは、俺はなるべく上手くやろうと思ってる。そしてお前にも、同じようにしてほしいんだ。」

「『上手くやる』とはどういうことですか」息子は訊ねた。

「それは……」パルヴェズは答えた。「まずはだな……お前の人生を楽しむことだ。それだ。ほかの人を傷つけることなく、楽しく生きてみたらいい」

アリは楽しむことは「底なしの地獄」だと指摘した。

「いや、俺のいう楽しみってのはそういうもんじゃない」とパルヴェズは叫んだ。「生きる喜びのことさ！」

「世界中でぼくらの仲間が虐げられているというのに」と息子は切り返した。

「分かってるさ」とパルヴェズは受けたが、「ぼくらの仲間」が誰なのか、いまいちはっきりしなかった。「でもやっぱり――生きてこその人生じゃないか！」

アリは語った。「本物の道徳は何百年も前から存在している。世界の至るところで何百万何千万もの仲間がぼくと信仰をひとつにしている。それでも父さんは自分が正しくてこの人たちはみんな間違っていると言うんですか？」

アリが父を見る目は摑《つか》みかからんばかりの確信を湛えていたから、パルヴェズはもう何も言えなかった。

ある晩、ベッティーナはパルヴェズの車に乗っていた。客を訪ねた帰り道だったが、途中でひとりの若者の傍らを通りすぎた。

「あれは俺の息子だ。」パルヴェズは驚いた。そこは街の反対側に広がる貧しい界隈で、周囲にはモスクがふたつあった。

パルヴェズの表情が硬くなった。

ベッティーナは息子を見ようと振り返った。「ちょっとスピードを落として、お願い！」と彼女は言った。「かっこいいじゃない。あなたに似てるみたい。でも意志はもっと強そうね。ねえ、停めてちょうだい。」

「どうするんだ？」

「あの子と話してみたいの。」

パルヴェズは車の向きを変えて息子のそばに停めた。

「家に帰るのか？」パルヴェズは声をかけた。「ここからじゃ大変だぞ。」

むっつりした息子はやれやれと肩をすくめて後ろの座席に乗りこんだ。ベッティーナが前に座っていた。パルヴェズの脳裏にベッティーナのミニスカートやギラギラ輝く両手の指輪やアイスブルーのアイシャドウが浮んだ。彼女の香水の匂い、彼の大好きな匂いが車内を満たしていることにも気づいた。彼は窓を開けた。

パルヴェズがなるべく急いで車を飛ばしていると、ベッティーナはアリにやさしく話しかけた。「いままでどこにいたの？」

「モスク」と彼は言った。

「大学生活はうまくいっているの？」

「あれこれ質問するあなたは何者ですか？」窓の外を眺めながら彼は言った。そのとき車はひどい渋滞にはまってちっとも動かなくなった。

いつの間にかベッティーナの腕がパルヴェズの方にまわっていた。彼女は語った。「あなたのお父さんっていい人よね。そのお父さんがあなたのことをとっても心配しているの。この人は自分の生命よりもあなたを愛してるのよ。」

「父がぼくを愛しているとおっしゃる」、息子は言った。

「もちろん！」とベッティーナ。

「ではなぜ父はあなたのような女がそんなふうに触っても黙ってるんですか？」

カッとしたベッティーナは息子を睨んだが、息子はその倍も冷たい怒りをこめて睨み返した。

「そんな言われ方をするあたしって、いったいどんな女なのかしら？」

「よくご存じでしょう」と彼は言った。「さあここで降ろしてください。」
「だめだ」とパルヴェズは答えた。
「ご心配なく。あたしが降りるわ」とベッティーナが言った。
「そんな、だめだよ！」とパルヴェズは叫んだ。しかし彼女は走っている車のドアを開けて飛び出し、道路の向かい側まで駆け抜けた。パルヴェズは何度も後ろから大声で呼んだが、そのまま去ってしまった。

パルヴェズはアリを乗せて家に帰ったが、それから一言も口を利かなかった。アリは真っ直ぐ自分の部屋に向かった。パルヴェズは新聞を読むこともテレビを観ることもできず、腰を下ろす気にすらなれなかった。ただ酒を注いでは飲み干していた。

ようやく彼は階段を上がり、アリの部屋の前をうろうろしはじめた。そしてついにドアを開けると、アリは祈っていた。息子は彼の方を見向きもしなかった。

パルヴェズは息子を蹴り倒した。さらにそのシャツを引っ張って立たせると拳で殴った。息子は後ろによろめいた。パルヴェズはなおも殴った。息子の顔は血にまみれた。パルヴェズは息を切らした。こいつがもう手の届かないところにいるのは分かっていた。しかしそれでも傷つけずにはいられなかった。息子は身を守りもしなければ反撃もしなかった。その瞳には恐怖のかけらもなかった。ただ裂けた唇から声を出していた。「いったい誰が狂信者なんだ？」

6

ブラッドフォード

『グランタ』誌、二〇号（一九八六年冬）よりバトリーはブラッドフォードから郊外に出て、リーズに向かう途中にある、田園と丘陵に囲まれた小さな町だ。丘の下に広がる谷と、その先に聳える山並みを望む眺めは実にすばらしい。市街地には大きなアジア人の共同体がある。実はザカリヤ女子高校は二年前に無認可の「海賊」校として開校していたのだが、建物を増築するまで教育省の認可を得られなかった。ついにその工事が終わった。そして今日、この種の高校——イスラム系の女子校——として初めて、教育法のもとで正式に登録された。無認可のころは、丘のてっぺんにある古くて大きな屋敷に人が溢れていた。それがいまや、正面に二階建ての新校舎ができた。広々として、清潔で、現代風の校舎である。

ぼくは建物に入ってあたりを見まわした。置いてある本のほとんどがコーランやイスラムの教えに関するものか、祈りに関するものか、預言者ムハンマドに関するものだった。壁はコーランの章句で埋め尽くされていた。そういえば女子校なのに女の子はひとりもいなかったし、アジア系の大人の女性もひとりとしていなかった。ただ大人の男たちがいたのと、大勢の幼い男の子たちが緑や青や茶色の帽子をかぶって走りまわっていた。

この学校はポップスターのキャット・スティーヴンスの発案によるもので、噂によると学校開設の費用のほとんどは、彼が個人的にサウジアラビアから出資してもらったものらしい。スティーヴンスは、もっとも改名してユスフ・イスラムになっていたけれど、こう言ったそうだ。自分はあらゆるものを試してみた。心の充足を得るために、世界中の面白そうなもの――物質万能主義、セックス、ドラッグ、仏教、キリスト教、そして最後にイスラム教――を隅から隅まで駆け抜けてきたと。彼が最後にイスラム教を試してみたのはまるっきり偶然なのだろうか。事情がちょっと変わっていれば、今日は仏教系の学校の開設に立ち会っている可能性も同じくらいあったのだろうか。そんなことを思った。

ユスフ・イスラムは学校にいなかったが、彼の補佐役のイブラヒムの姿はあった。イブラヒムは白いローブと白いターバンを身にまとった白人のイスラム教徒で、先ほどスピーチをしていた。記者との質疑応答があるはずだったが、そんな様子はなかった。一切が混乱していた。イブラヒムがやって来てとなりに座った。ぼくは訊ねてみた。「学校について話していただけますか。」「喜んでお話しします」と彼は言った。「この学校は大変な努力と組織力の賜物、みなさまのご親切の賜物ですから。」ぼくは彼を見つめた。その表情は超自然的なまでに善良で温和だった。

　イブラヒムはニューカースル出身で、長い赤褐色のあご髭をたくわえていた。（イスラム教の国では人の顔に生える髭だけに成長産業を見いだせるとパキスタンで誰かが言っていたのを思い出した。）イブラヒムの啓示《エピファニー》は南アフリカへの旅で生じた。そこのモスクで黒人と白人が一緒に祈っているのを見て、彼はイスラムに改宗する決心をしたのである。

　彼はこの学校の決まりを教えてくれた。「本校では、人間の顔はもちろん、あらゆる生き物の顔を描くことは許されません。また踊りは推奨されませんし、楽器の演奏も同様です。なぜなら――」彼はぼくを見つめ、確信に満ちた顔で言った。「人の声だけで十分に表現できるじゃないですか。」「その規則に従うと、おそらく女子生徒は基礎レベルの美術も音楽も修めることができないでしょう」とぼくが言うと、彼は悲しげに頷き、「そうでしょう」と認めた。

「では近代文学はどうですか？」ぼくは訊ねた。

彼はまた悲しげに頷いて、「それは『批判的な見地から』学ばれるでしょう」と言った。

「それは結構なことで」とぼくは言った。「ですが科学はどうなりますか？」

「それも批判的な見地から学ぶことになります。なぜかというと――」ここで彼は大きく息をついた。「――私はダーウィン主義もいかなる種類の進化論も認めないからです。というのは、えー、というのは、ヒトになっていない猿が存在する以上、その理論はすべて間違いだと証明されたのです。」ぼくはもう一度彼をじっと見つめた。本当にこういうことを信じているらしい。ではどうして彼はこんなに申し訳なさそうにしているのだろう。

歩いて丘を降りながら、ぼくはザカリヤ女子高校が提起する問題に考えをめぐらせた。順応し続けるために無理に背中を反らし、ついには倒れてしまう時代がかつてあったのだろう。一九六〇年代なかごろから、日常生活における伝統的な上下関係と分裂状態とが、破壊とまではいかないにしても揺さぶられるのを、イギリスの自由主義者《リベラル》は見てきた。上下の階級、男女、ゲイとストレート、年長者と年少者、発展した社会と発展の遅れた社会――両者には決して相容れない違いがあり、一方を差別しておくのが社会秩序を守るのに役立つという思いこみは永遠に失われた。「高尚」な文化と「低俗」な文化というありがちな区別も疑わしくなった。ある社会で有用な判断基準を別の社会の出来事に適用するのも哲学的に問題視されるようになる。独立した価値評価の方法も、別々のものをつなげる価値評価の方法も不可能になった。すると、寛大で人道的な多元主義社会を営むために、いまや広範囲に散らばった集団がそれぞれのやり方で生活を維持できるよう配慮するようになる。ひとつの集団が律法にかなった肉《ハラール》とイスラム系の学校と反ダーウィン主義と女子のためのコーランの深い知識を求めるのなら、そうしてもらおうじゃないか。実際、カトリック系の学校やユダヤ系の学校は昔からあるのだから。

しかしバトリーにあるようなイスラム系の学校は、自由主義《リベラル》教育の原理と学校の存在根拠となる思想そのものを踏みにじっているように思われた。しかも、いくら共同体に属する者にとって大切であっても、特定の信仰のために少女たちの将来の展望が狭められていた。これは少女たちの選択なのか？　そもそもアジア人の共同体は、本当にこういう隔離された教育を望んでいるのか？　そうだとしても、どれだけの人が？　このような教育を求めているのは、ごくわずかの熱心で禁欲的な信者、その全員が男性で、イギリスを怖れ、娘たちの性の乱れを危惧する連中だけではないのか？

　ブラッドフォードにある作曲家ディーリアスの生家は、この町のイスラム教徒の世話をするモスク協議会になっていた。ブラッドフォードには六万人のイスラム教徒[31]と三〇のイスラム教団体がある。協議会議長のチョウドゥリ・カーンはイスラム社会での男女の関係と女子校の問題について語ってくれた。

　彼によると「わたしたちは女性に大いに敬意を払っておるので」協議会には女性がいないという。「いささか理解に苦しみます」とぼくは指摘したのだが、それは流されて、「女性のパート労働や会社勤めを推奨しないのも、同じ理由だよ」と付け加えた。

「女性の幸せは」彼は自信満々で言った。「護ってもらうことなのだ。」

「女の子はどうですか？」

「一二歳をすぎたら、女子は男子と同席すべきではない」と彼は言った。「だからブラッドフォードにはもっと男女別の学校が必要なのだ。地元の自治体もそれが望ましいと同意してくれたので、資金さえ手に入れば男女別の高校をもっと設立するつもりだ。」さらに、労働党のマニフェストにもかかわらず、党首のニール・キノックもこれを認めたと彼は付け加えた。

「本当ですか？」ぼくは言った。

「ともかくもだ。」彼は続けた。「地元の労働党は、男女別の学校をもっと作るよう各所に働きかけてくれている。かつて、一九六〇年代には男女共学校を設けようとしていたのは確かだがね。ただし——」彼はここで語気を強めた。「——モスク評議会は男女別学を求めているのであって、イスラム系の学校とか人種の隔離された学校を求めているのでは断じてない。」彼は机を叩きだした。「だめだだめだだめだ！　アパルトヘイト反対！」

次の点について、彼は国に理解を求めていた。「イスラム教徒の子供たちが西洋化されるのは避けられんだろう。この点は受け容れるしかない。だがそれでも、わたしたちは子供らに学校でイスラムの教えを学んでもらいたいし、インド亜大陸の言葉や、インドとパキスタンとバングラデシュの歴史や政治や地理を学んでもらいたいのだ。」「きっとイギリスの白人もこの要望に関心をもってくれるだろう」と彼は付け加えた。「なんといっても、イングランドとインド亜大陸の関係は、いつだってイギリスとフランスの関係よりも親しかったのだから。」

チョウドゥリ・カーンは気難しくて、時に奇妙な人物だった。しかし彼の価値観、および彼が代表する協議会の価値観は見事なまでに真っ直ぐなものだ。たとえば、彼は家族こそ最も価値あるものだと信じており、また道徳を確立するのに宗教が大事だとも信じている。同様に彼は、生まれつき女性の地位は男性に劣ると信じている。彼はいかなる形態の自由主義も嫌悪しており、法を破る者には厳しく復讐法に基づいた罰を下すのを擁護した。

こうした意見は極端に保守的で因襲的だ。ただし、インド亜大陸という特定の文脈から引き離してみれば、移民排斥を唱える新右翼（に限られないけれど）もこの価値観を共有している。こういう奇妙で皮肉な事態は次々に発生しているようだ。

7

セックスと世俗文化

『映画脚本集成I』への序文（二〇〇二年）

ぼくにとって映画の脚本を書くことは他の形式で書くのとちっとも変わらない。それも物語をかたる仕事で、フィルムに収められる点が違うだけだ。もっとも、監督のことを考え、さらに役者のことも考えて書かなくてはいけない。常に節約を心がけるべきだ。映画の脚本に必要なことのひとつは、できるだけ素早く、軽くすることなのだから。小説のように、余裕のある読者がしばらくつき合ってくれるのを期待して、思いつきを片っ端から盛りこんではいけない。この意味で映画は短篇小説に似ている。形式による制約の多さはほとんど詩に近い。シネコンで朗読される詩などまずあり得ないけれど。映画は一般に開かれた芸術であり、そこに長所がある。

しかしながら、たとえば映画の『俺の子が狂信者』に関わった仲間は誰ひとり、これが儲かるとか大衆受けするとか思っていなかった。この映画は一九六〇年代と七〇年代の遺産と言えるだろう。あの時代のBBCは、ホームレスや階級、労働党の動向などの時事問題について、気難しくてたいてい地方を舞台にしたドラマを制作することを目標のひとつにしていた。

パキスタンをはじめて訪ねた一九八〇年代の初頭に気づいたのだが、イスラム過激派あるいは「原理主義」——政治イデオロギーとしてのイスラム——がマルクス主義も資本主義も根づかなかった土地に浸透していた。イスラムのこういうあり方は、ぼくの目には新しいファシズム、いやナチズムにさえ似ていた。すなわち、大衆を平等に抑圧し、宿敵を持つ——今回は「西洋」だ——ことで、すべての秩序を保つこと。事実、『ブラック・アルバム』と『俺の子が狂信者』の下調べをしていて出会った若い原理主義者は、自分の「活動」をIRA[32]や、ヒトラー、ボルシェヴィキになぞらえた。意気盛んな人びとが集まれば、少数でも政治に強烈な影響を及ぼせる、と考えての発言だったのだろう。

このフロイト知らずのピューリタン的イデオロギーは、無力な持たざる者たちに生きる意義と根拠をたしかに与えてくれた。同じくらい重要なのは、西洋にいる彼らの仲間たちにも訴えかけたことである。この人たちは、第三世界に「同胞」を置いてきたことに罪悪感を覚えていた。罪悪感と無縁の移民の家族などいるだろうか。たとえば、ぼくの一族のほとんどはとうの昔にカナダやドイツ、アメリカ、イギリスに逃れていた。けれども出国を拒んだ者もいたのだ。パキスタンの中流階級で、「もしものため」先進国で常に銀行口座を開いていない家族はひとつもなかったはずだ。取り残された者はたいがい貧しく、無教養で、無力で、年老いて、怒りに燃えている。

　イスラム原理主義というイデオロギーは、西洋が目立って豊かになったとき、しかもメディアの発達した時代に盛んになった。衛星放送やビデオを見れば、西洋がどれだけ裕福か、さらにはそこがどれだけセックスに溢れているかを、誰でも知ることができた。（すべての「セックスと世俗文化は向こうにあるんだよね」と耳にしたことがある。）いまだ封建的な国にとって、これはとりわけショッキングだった。第三世界の人間なら、どんな人であっても、西洋の夢みたいな文化を羨み憧れるか、妬んで斥《しりぞ》けるかのふたつにひとつだろう。どちらにしても、それと関わらずに生きていくことはできない。新しいイスラムはポストモダニズムと同じくらい新しいのである。

つい最近までぼくは『マイ・ビューティフル・ランドレット』で役者のサイード・ジャフリーが放つきわどい台詞を忘れていた。「俺たちの国は宗教にカマを掘られちまった。宗教が金儲けの算段に口を出すようになった。」ジャフリー演じるコインランドリーのオーナーは、ロシャン・セスが演じる生気のない男と対照をなしている。この男にとって友愛を表わすのはイスラムではなく理性的な社会主義だ。この希望ある社会主義を、彼は一九四〇年代にロンドンの名門大学スクール・オブ・エコノミクスで学んだのだろう。そんな社会主義の基礎が見つかる希望など、一九八〇年代のイギリスにも、パキスタンにも皆無だったはずだ。

フセイン、オマール、さらに彼の恋人ジョニーでさえ、みんな金持ちになりたい欲望を抱いている。それだけではない。加えて彼らが望むのは、富と繁栄を堂々とまわりに誇示することだ。これも西洋の行動原理である。彼らは見せびらかしたいのだ。持たざる貧民のなかには、これに暴力的な嫉妬を掻き立てられる者もいるだろうし、金持ちを殺してやりたいと強く願う者さえいるかもしれない。

ぼくのお気に入りの伯父たちのなかに、幻滅した元マルクス主義者がいる。『サミー&ロージィ／それぞれの不倫』でシャシ・カプールが演じた人物〔33〕の原型でもある。この伯父は、一九八〇年代の中盤までにレーガンとサッチャーの支持者になっていた。毎朝、ぼくと伯父はカラチ市内をノックしてまわり、伯父の友だちのいる会社をつぎつぎに訪ねては、お茶をふるまってもらったものだ。話す暇もないほど忙しい人などいなかった。伯父は経済の自由化こそがパキスタンの唯一の希望だと主張した。これを聞いてぼくはびっくりしたけれど、それは第三世界で知識人や自由主義者《リベラル》が直面していた状況を把握していなかったせいだ。そこにいた大衆にとって、現状に代わる政治イデオロギーなど意味を持たないか、あるいは植民地主義で汚れたものにすぎなかった。モスクを利用すれば、イスラムが草の根運動を組織するのはいとも簡単だったのだからなおさらだ。伯父に言わせれば、革命的ピューリタニズムに対抗できる唯一の可能性は物を買うことだった。物質主義を通じて自由主義《リベラリズム》を密輸するしか術はなかった。ならば、イスラムが新たなピューリタニズムを表わすのに対し、進歩は欲望を掻き立て、堕落をもたらすと思われてしまう。もっとも、すでにそれは時代遅れだったようだ。アメリカの物質主義と、それがもたらす依存と擬似帝国主義は、怒りを買い、嫌われていたからだ。

　カラチでは、本が書かれることも、映画が制作されることも、劇が上演されることもほとんどなかった。これはつまらなかったけれど、社会の崩壊や殺人がいつ起きてもおかしくないような国だったら、ぼくは絶対に住んでいなかった。少なくとも真剣に話し合う機会はあった。伯父の家は、『マイ・ビューティフル・ランドレット』に同種の家が出てくるのだが、政治や本に就いて議論し、新聞を読み、映画を観るには恰好の場所だった。一九八〇年代にはアメリカの企業家がよく立ち寄った。伯父によれば、彼らは口を揃えて自分たちがこの国の「牽引役」になると言っていたそうだ。この人たちはＣＩＡのために働いていた。好かれてはいなかったが、大目に見られていた。パキスタンの男たちがまだ覚えている、昔のイギリス人入植者への対応と似ていなくもなかった。この「牽引役」には、本当に起きていることの見当もついていない、とみんなは見ていた。この人たちはイスラムの力を分かっていなかったのだ。

　けれどもカラチの中産階級には見当がついたので、彼らは悩んでいた。その不安の種はみずからの「身分」あるいは地位だった。自分たちはこの国の豊かで力のあるリーダーなのか、それとも偉そうなだけの寄生階級――西洋人のようでそうでなく、パキスタン人のようでそうでない、はみだし者――で、もうすぐすべてが崩壊し、混沌とした時代が来れば取り残されてしまうのか。

数年後の一九八九年、ラシュディに処刑宣告《ファトワ》が下された。そのときぼくはロンドンに住む家族に会ったものの、カラチには戻らなかった。大使館から安全は「保証しかねる」と言われたのだ。その少しあと、『ブラック・アルバム』を書いていたとき、原理主義者の友人がラシュディを殺すのはもはや重要でないと語った。大切なのは、このとき「はじめて同胞がひとつになって戦ったことだ。これで終わりじゃないぞ。ぼくらは強いって分かったんだから。」

ぼくみたいな人間がどうしてイスラムと西洋というふたつのまったく異なる世界観を両立できるのかと、よく訊かれる。もちろん両立なんかしていない。あるとき伯父が疑い気味に訊ねてきた。「きみはキリスト教徒じゃなかろうね？」「違うよ」とぼくは答えた。「無神論者さ。」「私もそうだ」と伯父は返した。「ただしイスラム教徒でもあるが。」「イスラム教徒で無神論者だって?」ぼくは続けて言った。「変わってるねえ。」伯父はこう答えた。「なんでもないやつ、信仰のないやつの方がよほど変わってるよ。」

作家への質問にはよくあることだが、異質なものをいかにまとめあげるかというのは、広く一般化できる問いである。ぼくらはみな生まれつき相異なる性質を持っている。それは性の異なる両親の性格が反映したもので、父親も母親もそれぞれ違う経歴をたどりながら精神を形成したはずだ。両親はいつも子供がどんな目標を追求すべきかで考えが一致しない。子供は親の欲望のカクテルである。そもそも子供であることで、少なくともふたつの世界と視点と立場を調整あるいは統合しなければならない。

もしもバラバラの要素を内に抱えるのが難しくなれば、もしもそれで「気が狂いそう」に感じたり、心の中に「衝突」が生じてしまうならば、対処法のひとつは忘れるなどして片方と完全に絶縁することだろう。もうひとつの方法は心のなかでそれと戦い、排除することだが、映画の方の『俺の子が狂信者』でファリード[34]がおこなうように、決して成功はしない。この青年のすることは、矛盾する者同士の対立の火花を何度となく散らすことになるだけである。この矛盾を彼の父は耐え、さらに楽しむことさえできている。ルイ・

アームストロングを聞きながらウルドゥー語を話すというように。ぼくの父は、オム・プリの演じるこの人物と似た嗜好をもっていたが、パキスタンに住んだことはなかった。しかし、中産階級のインド人によくあるように、父はイスラム教の教師とキリスト教の尼僧の両方に教育されたことがあり、どちらにもうんざりしていた。彼が好きになったのは、ナット・キング・コールとルイ・アームストロング、かつて奴隷だったアメリカ黒人の音楽だった。原理主義者を自認する連中が排除しようとするのは、まさにこうした複雑さである。

原理主義者は人種差別主義者と同じように幻想だけを標的にしている。たとえば、西洋には物質主義しかなく、東洋には信仰しかないと考えたがる連中がいる。原理主義者の念頭にある西洋は、人種差別主義者の念頭にある差別の標的と同じで、議論しても現実を示されても変化しない。(ぼくがこれまでに出会った原理主義者を自認する連中はすべて反ユダヤ主義者だった。)それにこの大文字の他者についての幻想はいつも性的な味つけを施されている。西洋は、不道徳な性交を煮こみ、神を畏れぬ乱痴気騒ぎで沸騰するシチューとして作り変えられる。黒人は白人によって悪魔と見なされてきたが、こんどは白人が戦闘的なイスラム教徒によって悪魔と見なされる番である。ひとたび敵同士になれば、互いを放っておけなくなるものだ。こういう不和抗争は人間の永遠の行動原理で、ありふれている。フィクションの書き手にできるのは、さまざまな時代に不和がいかなる形をとるか、歴史的に示すことだ。すなわち、特定の個人が日々不和を生き抜くさまを描くこと。個々の人間が他者について勝手なことを信じこむ――おのれの幻想を他者に押しつける――のを防ぐことはできないとしても、そういう偏見が制度に取り入れられたり、文化の一部として受容されるのを食い止めることならできるはずだ。

ニューヨークの世界貿易センタービルにテロ攻撃のあった九月一一日から数日後、映画監督の友人がぼくに言った。「ぼくらはいま何をしたらいいのか？　何をしても無駄じゃないのか。もはや政治とサバイバルしか問題にならない。これから芸術家はどうしたらいいんだ？」

なんと答えればいいか分からなかった。じっくり考える必要があった。

イスラム原理主義はスローガンとルサンチマンの混合物だ。権威のシステムとしてうまく欲望を抑えてくれるが、それは同時に人間の性の源泉を枯らしてしまう。しかしもちろん、西洋と同じようにイスラム教国にも数多くの反体制派や不平分子もいれば、宗教と政治の自由を渇望する人びともいる。彼らとの根本的な議論は文化の内部でしか生じない。文化とはそういう議論のためにあるのだし、そういう議論こそ文化が物質主義にもピューリタニズムにも支配されないための道を示してくれるのだ。人種差別と原理主義がどちらも他者を抽象物に還元することで生を枯らすのであれば、文化が力を注ぐべきは他者を生かし続けることである。そのために文化は他者の錯雑した姿を描き、讃えるべきだ。しかもそうした他者の価値だけでなく、かけがえのなさをも示すよう気をつけるべきなのだ。

二〇〇一年一一月八日

8

困難な対話を続けよう

『ガーディアン』紙（二〇〇五年七月一九日）

ぼくらはもはや宗教的であるとはどんなことなのか知らないし、もう長いことその状態が続いている。この二〇〇〇年のあいだ、西洋では良識ある人びとが宗教に異議を唱えてきたおかげで、それは深刻な内容と影響力を失うことになった。いまや宗教はぼくらになにも要求しないに等しく、ありがたいことだが政治と関わることも滅多になくなった。

政治と道徳の理念に服従し、神の気まぐれな意志にも服従すべし、という掟を守る本当に宗教的な人たちは、ぼくらにはなにか恐ろしく、ほとんど理解不能である。ぼくらにとって「信仰」は危険なものだから、自分が信心深いなんて思いたくもないのだ。

この「信仰」と衝突したとき、ぼくらの「自由主義」が対抗する準備を整え、さらにそのせいで払わねばならない代償をぼくらが考えるには、しばらく時間がかかるだろう。しかも、不正と抑圧を感じて怒りに燃えたり、大義のために自分の命を捧げるくらい、必死の情熱をぶつけることが一体なんなのか、ぼくらにはおよそ想像もできない。こういう行動は筋の通った暴力の応酬ではなく、無茶苦茶で気の狂った犯罪であると、ぼくらは見なすからだ。

二重の基準《ダブル・スタンダード》と欺瞞にあふれた大人の世界に入るとき、多くの若者は不正に怒りの炎を燃やし、もっと世慣れてシニカルになったぼくらを驚かせる。若者がこういう感情を抱くのは賞賛すべきことだけれど、当惑も覚えてしまうのだ。

消費社会はとっくに道徳の理念を売り渡して別の物から満足感を得ている。そして「自由と民主主義」の仮装を施してぼくらが輸出しようと臨んでいるのは、まさにこの消費文化なのだ。ただしその結果——薬物中毒、人間の疎外、社会の断片化——については沈黙を守ったたまま。

どんなことでも自由に話せるとぼくらは信じたがっているが、自分の死を考えるのは気が進まないし、殺人が起きた理由も考えようとはしない。しかし、ぼくらの暮らす界隈でのひどい暴力行為は——普通は第三世界でもいちばん貧しい地域で発生する、「外注された」暴力行為と変わらないくらいひどいものなら——死の観念を克服するためにぼくらが取り入れた「ヴァーチャルな」戦争という口当たりのいい発想を粉砕してしまう。

「ヴァーチャルな」戦争とは、死を目撃することもなければ、道徳上の責任を感じる必要もなく他人を殺害できる戦いのことだ。イラク戦争について、これはすぐに片がつきほとんど誰も死なないだろう、と語られていた。それはまるで、ボタンを押して遠く離れた人びとを消したところで、「こっち側」は罪の意識や痛みを感じることはない、と信じていたかのようだった。

メディアに飴と鞭を使うことで、政府はどんな戦争だろうと不都合な側面を隠蔽できるが、そんなのは束の間にすぎない。子供たちがテレビゲームのせいで駄目になったと考えるのならば——暴力のまねごとが本物の暴力への抵抗をなくしてしまうというなら——それはまさにぼくらの政治家に起きていることだ。いまの西洋の政治家は信じている。遠く離れた場所にいる本物の他者を殺しても仕返しされることはなく、こちら側は身体も心もちっとも傷つくことはないと。

これは危険な考えだ。ここから脱するには、すべての暴力を非難するか、さもなければ暴力はこの世界で道徳の問題を解決するのに役立つ、重要な選択肢のひとつだと認めるしかない。自分で自分を騙しているけれど、おのれの目的を達成するため、そして自衛のためには、他人を殺害することがやむを得ないことも時にはあると、ぼくらは十分に承知している。この立場に依るならば、道徳的な問題がないふりなどできないし、その帰結から逃れる術もないのだ。

無数の嘘と欺瞞のせいで、ぼくたちはこの違法で気の滅入る戦争に引きずりこまれた。かなりの割合の人が反対していた。戦争が起きれば、一般市民は情報も善悪を判断する基準もない。それを尻目に、政府は断固として残虐行為に走るのだ。

政府は国の代表かもしれないが、国民そのものではない。幻滅を味わっているいま、これを忘れないことは決定的に重要だ。国家の行動は個人を恥じ入らせようとする。道徳的に間違いだと個人が分かっているような行動をとるよう、政府は個人に迫っている。要するに、政府はぼくらを代弁してくれないのだ。でもぼくらは自分の声を持っている。いかにも弱々しい声だと思われるかもしれないけれど。共同体が政府のせいで腐敗しつつある現在、安易にどちらかに与するのを拒み、困難な対話を続けること以外に、国を愛する方法はない。このためにこそ、ぼくらには文学が、劇場が、新聞が——すなわち文化があるのだ。

戦争はぼくらの知性を貶め、「文明」、「文化」、「自由」と呼ばれてきたものをあざ笑う。ぼくらが暴力と抑圧と絶望の連鎖に巻きこまれ、それを解くのに長い年月を要する、というのが事実であるならば、唯一の希望は起こしてしまったことへの道徳的な誠実さである。ぼくらだけの問題ではない。「文明」なるものが暴力を批判する本来の立場からズレないよう、足場を固めるには、宗教団体がみずからの不寛容と根深い権威主義とを一掃しなければならない。

あらゆる宗教の特徴である肉体嫌悪とセクシュアリティへの恐怖の結果、恥じいった人びとは身体を覆うだけでなく、みずからが人の姿をした爆弾だと考えるかもしれない。これまで述べたように双方を批判することが、恨み、憎しみ、争いという、逃れられない過去の影響を和らげる唯一の道なのである。

9

文化のカーニバル

（二〇〇五年七月二八日）

最近、ぼくの興味を惹くんじゃないかと、友人がある論文を送ってくれた。というのも、それは暴力的でない姿のイスラム教、おせっかいで謀略に長けた聖職者が権威を持たないイスラム教を確立しようとする試みだったからだ。仲介者を必要としないのなら、あなたと神のあいだに何者も割って入ることはできない。聖職者はイスラム教の最善の解釈者ではなくむしろ政治的な連中だと、この論文は見なしていた。あんな狂信者や原理主義者たちが神の言葉を政治上自分たちに都合のいいようにねじ曲げているのであれば、もっと善意を持つ人びとがコーランを取り戻し、解釈し直してはいけないのか。これだけがイスラム世界の進むべき道である、と筆者は述べていた。

一九九〇年代の初頭、すでにぼくは一度パキスタンを訪ね、（ほとんど）聖職者の支配する国での暮らしぶりを味わっていた。サルマン・ラシュディに処刑宣告《ファトワ》が下され、ついには父が亡くなった。それからやっと、ぼくはロンドンにあるさまざまなモスクを訪ねだした。ひょっとすると、なにか父の痕跡を見つけようとしていたのかもしれない。しかし同時にぼくは小説の下調べを始めていた。ここから『ブラック・アルバム』が生まれた。ロンドン西部に住む若いイスラム急進派の学生グループが、ラシュディの『悪魔の詩』を焼き払った挙句、本屋を襲撃するまでを描いた作品である。脚本を担当したBBCの映画『俺の子が狂信者』——原理主義者になる青年と、娼婦と恋に落ちる父親の話——もこの素材から生まれた。

人種、アイデンティティ、文化の問題は、植民地支配後《ポストコロニアル》のヨーロッパが向き合わなければならない大きな課題だが、世代間の衝突のうちにこれらの問題をめぐる争いが展開していると、ぼくは信じていた。移民の親をもつイギリス生まれの若者は、親よりも信心深く、政治的に過激なだけでなく——親の方は新しい国で地位を築くことがなにより大事だったのだ——イギリスに「合わせよう」と望む親の穏健さを軽蔑さえしていた。子供から見れば、そんなのは軟弱だった。

　ぼくの父はインド出身のイスラム教徒だが、イスラム教が好きではなかった。厳格な学校も、棒を振りまわす教師も、子供時代の父を改良してくれなかった。人生の終盤に、父はイスラム教よりも仏教を好んでいた。それほど攻撃的でもなければ罰も厳しくなかったからだ。（「要するに宗教っぽくないのさ」と父は言っていた。）また、父の高校時代の友人だったズルフィ・ブットーがパキスタンで広めた、政治化したイスラム教にも幻滅していた。リベラルな階層は、ブットーこそ新しいパキスタンの民主的で非宗教的なリーダーになると考えていたのだが。

　ロンドンのホワイトチャペルとシェパーズ・ブッシュにあるモスクを訪ねてみると、キリスト教の教会で礼拝に出たときはまったく違っていた。その光景はぼくにとって尋常ではないもので、ぜひ小説に取り入れたいと思った。熱心な説教師たちが、床に座った一群の人びとに延々と弁舌を揮っていたのだ。もちろん煽動者はつぎつぎに入れ替わったけれど、あらゆる人種の聴衆が出たり入ったりするなかで、「説教」は途切れることなく続いた。こういう光景はもはや見られないかもしれないが、当時は西洋、ユダヤ人、そして

――彼らのお気に入りの話題――ホモセクシュアルに対する痛烈な批判がなされていた。なにも知らないぼくは、話を終えた説教者が質問を受けつけるなり、聴衆となんらかの対話をおこなうのだろうと思っていた。しかしそんなものはなかった。こういう話を誰が聴くのだろうと見れば、そのほとんどが三〇歳にもなっていなかった。

これがどれだけいい素材かよく分かったのでメモをとっていたが、ある日の午後それが見つかって、四人の屈強な男に捕まり、路上に連れ出され、二度と来るなと言い渡された。時には若い「原理主義者」の家に招かれることもあった。なかにはぼくと似た経歴の人もいた。母親はイギリス人、父親はイスラム教徒で、閑静な郊外で育っていた。その彼がいまやイエメン出身のまったく英語を話せない女性と結婚していた。ぼくたちに紅茶を運ぶとき、奥さんは後ろ向きで、しかも頭を伏せながら部屋に入ってきた。こうして男性に敬意を表しているのだ。男たちはさまざまな場所で「訓練を受ける」と語っていたが、このひょろ長で腰の低い人たちが誰かを殺したいと思うなんて信じられなかった。

ぼくが本当に戸惑ったのはこういうことだ。この男たちは、コーランで説かれているとおりの「真実」に自分がたどり着けると信じていたのだ。疑いなどあり得ない――道徳、社会、政治に関する問題を詳しく議論する必要さえない——神が答えをお持ちなのだから。したがって彼らにとって「真実」に異議を唱えることは幾何学の決まりを認めないのと同じなのだ。彼らにとってあらゆる美徳と悪徳の源泉はアラーが喜ぶか喜ばないかであった。イスラム教徒の作家シャビール・アクタルが『万能の信仰』に書いているように、「アラーは愛のこもった服従と信仰の対象であり、理性的な探究や純粋に論理的な思考の対象ではない。神の助けのない人間の理性は信仰の恵みがもたらす高みには達しない。実際、理性が役立つのは、それが信仰という任務をより多く果たすのに役立つときだけである。」

ああいう会合は知的に退屈で息苦しかったので、終わるとすぐ最寄りのパブに駆け込み、グイッと一杯やったものだった。自分がまだイングランドにいると確かめたかったのだ。

モスクのなかに留まらず、「宗教校」と呼ばれる学校でもこういう考えが広まっている。ブレア政権は、急進派の宗教指導者を排除しようとする一方で、こうした学校をもっと設けると公約した。「穏健」で閉鎖的なシステムは「過激」なシステムとはまったく別物だとでもいうように。ブレアとブッシュにはこれがお似合いなのだろう。迷信に惑わされ、自立した思考ができず、批判におびえる無知蒙昧なる敵は御しやすいというわけだ。
哲学者ヴィトゲンシュタインは観念を道具に喩えた。道具にはそれぞれの用途がある。なかには世界を広げてくれるものもある。たったひとつの道具で何でも片づけられるなど莫迦げた考えだ。頭を使うための道具も自由に考える力も持たないために、批評的な習慣を身につけることができず、息の詰まるイスラム教の規範より先に進めないイスラム教徒があまりにも多い。イスラム学者のタリク・ラマダンが述べるように、「いまやイスラム教徒はこれまで以上に自己を批判する必要がある。すなわち若いイスラム教徒に型通りの宗教教育を施すだけではいけないのだ。」

多文化主義の思想に眩暈《めまい》を覚える人がいるとしても、単一文化主義は――どのようなものだろうと――はるかにひどいものだ。政治と社会のシステムは、何を排除しているかを明瞭にしなければならない。そして保守的なイスラム社会はあまりに多くを切り捨てているのだ。最近ニューヨークで会ったトルコ人の女性は、『千一夜物語』や『匂える園』[35]、ハムザの冒険物語[36]に見られるイスラム世界特有のエロティックな伝統を、当のイスラム世界が否定していると語った。たしかに、アラブ文化の研究者ロバート・アーウィンも

『千一夜物語』についてこう述べている。「いくらかの例外を除けば、現代の中東において、『千一夜』が文学だと少しでも認めるアラブの知識人はいない。」

セクシュアリティだけではない。人間の欲望から生じる文化のカーニバルの一切が、ここで排除されているのだ。物語、夢、詩、絵画は、未知の存在としての自分を体験させてくれる。それはぼくらがどう生きるべきか考えるための場所でもある。

宗教を棄てるよう他人に求めることはできない。そんなことは莫迦げている。宗教とは幻想かもしれないし、確実なものが欲しいという幼稚な願望をあばいているのかもしれない。それでも宗教は重く深い幻想なのだ。だが、他の思想に触れるようになれば、宗教も変化するだろう。有用な多文化主義とはそういうものである。祭りや食べ物で上辺の交流をするのではなく、思考をしっかりと懸命に交換すること。これは戦争と違って、耐え抜くだけの価値のある闘争である。

若者の教育については、人間の義務として、ぼくらはこう教えねばならない。この世界にはたった一冊の本しかないわけではないし、たったひとつの声しかないのでもない。だから自分の声を聞いてほしいのならば、他の人もみな同じ権利を持つのだと。自由主義のもたらす罪悪感から生まれた教育よりもましなものを、いまの子供たちに授けなくてはいけない。

訳注

＊1——『インドへの道』からの引用は、小野寺健訳『E・M・フォースター著作集4　インドへの道』（みすず書房、一九九五年）による。ただし文脈に合わせて改変したところもある。

＊2——オーウェルからの引用は、川端康雄編『新装版　オーウェル評論集1　象を撃つ』所収の井上摩耶子訳「象を撃つ」および『新装版　オーウェル評論集3　鯨の腹のなかで』所収の川端康雄訳「ラドヤード・キプリング」（どちらも平凡社、二〇〇九年）による。ただし文脈に合わせて改変したところもある。

＊3——「虹のしるし」とは、ノアの箱船のエピソードで知られる大洪水の後、神が二度とこのような洪水を起こさないという契約の証として空に虹をかけたことを指す。旧約聖書『創世記』九章八節—一七節参照。

＊4——黒人聖歌「マリアよ嘆くなかれ」（"Mary Don't You Weep"）の歌詞の一部。この歌は南北戦争以前に成立したが、一九六〇年代の公民権運動で大きく注目されるようになった。ジェイムズ・ボールドウィンは一九六三年出版の評論集『次は火だ』（*The Fire Next Time*）のエピグラフにこの一節を引用し、また同名エッセイの最後で繰り返した。人種差別を終わらせるために行動する勇気がなければ、歌詞の通り火によ

る災厄が訪れるだろう、という文脈。引用は、黒川欣映訳『次は火だ——ボールドウィン評論集』（弘文堂、一九六八）を一部改変。

＊5——ピートはピーター・セラーズのピーターの略称。音の同じpeat（泥炭）の黒褐色も連想させる。

＊6——金属状の光沢のある繊維。

＊7——一九六四年製作。イギリスと南アフリカのズールー族のあいだで一八七九年に勃発した戦闘を描いたもの。大勢のズールー軍に砦を囲まれた寡兵のイギリス軍が奮戦する内容。

＊8——パキスタン系の主人公オマールの幼馴染だったが、移民排斥主義のスキンヘッド集団に属している若者。やがてコインランドリーを経営するオマールを手伝うなかで同性愛の関係を結ぶ。

＊9——この表現は一六五六年に出版された劇『老人の掟』（*The Old Law*：トマス・ミドルトン、ウィリアム・ローリー、フィリップ・マッシンジャーの共作）の五幕一場に見られる。

＊10——イギリスのスカ・レゲエ・バンド、シマリップがデリック・モルガンの「ムーン・ホップ」をカヴァーして作った曲。一九六〇年代後半に勃興したスキンヘッドの若者による反体制文化を象徴する楽曲である。ただし、この曲が初めてシングル・リリースされたのは一九六九年なので、本文でのちに言及される一九六八年のメキシコシティ・オリンピックのテレビ放送よりも後になる。

＊11——人名索引のピールの項を参照。

＊12——ウェルギリウス『アエネーイス』第六歌に見られる一節。パウエルは政治家になる前に古典学の大学教授だった。原典ではクーマエの女予言者が、後にローマを建国するアエネーイスに対し、建国のために

戦で多くの血が流れることを予言している。テヴェレ川はイタリア中部を流れる川で、ローマを経てティレニア海に注ぐ。このパウエルの演説は一九六八年四月二〇日に語られ、イギリスで議論を巻き起こした。一般に「血の川」（Blood of Rivers）演説と呼ばれている。

＊13——アメリカの黒人解放を目的とした社会主義団体である、ブラックパンサー党の党員のこと。一九六六年にヒューイ・ニュートンとボビー・シールによって設立され、間もなくエルドリッジ・クリーヴァーも加わった。当初はオークランド市を中心に警察の暴力から黒人を守ることを主な活動としていたが、警察との緊張関係は武力抗争に発展し、知名度の高まりとともに全米各地に支持を広げた。一九六九年にはおよそ一万人の党員を集め、クリーヴァーの編集する新聞は二五万人が講読していたという。彼らは貧民街の子供たちに無料の朝食を配給する活動も展開するが、他方で強盗など非合法な手段で資金調達を行っていたとされる。また、一時期はアジアやアフリカの国々との外交活動にも積極的だった。しかし一九七一年にクリーヴァーが追放されると内輪もめが絶えなくなり、七四年にはシールたちも排除されるに至る。彼らを追い出したニュートンも娼婦を殺害した容疑をかけられて一九七四年にキューバに亡命（七七年まで）、一九八〇年には党員の数が二七人にまで減少し、八二年ごろに自然消滅した。

＊14——人名索引のマルコムXの項参照。

＊15——ジンジャーエールと同種の清涼飲料で、通常アルコールを含まない。

＊16——人名索引のジア＝ウル＝ハクの項参照。

＊17——アラビア語でハニフ（ハニーフ）とは「純正信仰の人」を意味する（井筒俊彦『「コーラン」を読

む』岩波現代文庫、二〇一三年）。

＊18——本書「セックスと世俗文化」では、クレイシが脚本を担当した映画『マイ・ビューティフル・ランドレット』の登場人物の台詞として、これと類似の表現が紹介されている。一四七ページ参照。

＊19——人名索引のジンナーの項参照。

＊20——人名索引のブットー（ズルフィカール・アリー）の項参照。

＊21——ネーション・オブ・イスラムの別称。ネーション・オブ・イスラムについてはムハンマドの人名索引参照。

＊22——人名索引のモリソン（ジム）の項参照。

＊23——イングランド北部のウェスト・ヨークシャー州にあるシティ・オブ・ブラッドフォードの中心地域の名称。産業革命以降、繊維産業が盛んになり、労働者として移民を多く受け入れてきた。一九五〇年以降はインド、バングラデシュ、パキスタンからの移民が増えている。一九八九年には、前年に出版されたサルマン・ラシュディ『悪魔の歌』に抗議するムスリムが、この町で本を焼くパフォーマンスを行った。

＊24——南アフリカの首都ヨハネスブルクにある、主に黒人など有色人種の居住する地区。かつて反アパルトヘイト闘争の中心ともなった。

＊25——タリクはシャヒードの仲間のひとりで、ブラウンロウは呼び間違えている。

＊26——一九九一年二月一八日、IRA（アイルランド共和軍：注32参照）のしかけた爆弾がロンドンのパディントン駅とヴィクトリア駅で爆発した。うちヴィクトリア駅の中央ホールでの爆発は、一名の死者と三八

名の負傷者を出した。ロンドンの駅で勃発したテロと言えば、二〇〇五年七月七日に起きたイスラム原理主義者による連続爆破事件（五二名が殺害され、実行犯四名も死亡、七〇〇名以上が負傷）を最初に連想するかもしれないが、ここに訳した章を含むクレイシの長篇『ブラック・アルバム』は、この爆破事件より前の一九九五年に出版されている。

＊27――一九九一年から二〇〇二年まで、アルジェリアでは政府軍とイスラム系の反政府軍との内戦が続き、その間七〇人以上のジャーナリストが殺害されている。また各地で凄惨な虐殺も生じた。戦闘は完全に収束したわけではなく、二〇一三年一月には天然ガス精製プラントを占拠したアルカーイダ系の武装勢力と政府軍との戦闘のなかで、日本人一〇名を含む人質三七名が命を落としている。

＊28――ミウォシュからの引用は、工藤幸雄訳『囚われの魂』（共同通信社、一九九六年）による。

＊29――コーラン六七章五節―六節。訳文は中田考監修、中田香織、下村佳州記訳『日亜対訳　クルアーン』（作品社、二〇一四年）による。

＊30――エドワード・サイード『知識人とは何か』（原著一九九四年、邦訳は大橋洋一訳、平凡社、一九九五年）より。

＊31――この文章は一九八六年に発表されたものだが、近年の統計によれば、ブラッドフォードのおよそ五三万の人口の四分の一、すなわち約一三万人がムスリムだという。

＊32――アイルランド共和軍。テロなどの暴力も辞さず、イギリスに属している北アイルランドも含めた全アイルランドの統一を目指す民族主義団体。

＊33――主人公サミーの父で、パキスタンと思しき国で政治家を務めていたが、引退して息子の暮らすロンドンにやってきた人物。イギリスに憧れを抱いていたが、現代のロンドンでアフリカ系住民の直面する過酷な現実にショックを受け、息子たちの送る享楽的な生活に戸惑いを覚える。また、政治家時代に手を染めた非人道的行為への責任をサミーの妻でイギリス人のロージーに問われるが、その元凶はお前たち西洋人だと反論する。しかし自責の念にとらわれ、また荒廃したロンドンで居場所を失った彼はみずから死を選ぶ。

＊34――本書に収められた小説版「俺の子が狂信者」における息子の名前はアリだったが、映画版ではファリードに改められている。「ファリードがおこなう」こととは、自分のなかの西洋的な要素を完全に排除しようとすることを意味する。「訳者解説」一九一ページ参照。

＊35――マホメッド・エル・ネフザウィが一六世紀初めにチュニジアで書いたとされる性愛学の書。一八八六年にフランスで出版され、世に広まった。

＊36――イスラム教を創始した預言者ムハンマドの叔父とされるアミール・ハムザを主人公にした、魔法と冒険に溢れた大ロマンス。千年以上前にペルシャで作られた物語が原型とされ、口承と文字の両方で、北アフリカからインドネシアに至るイスラム世界に広く伝播した。

訳者解説

「イスラム原理主義」という言葉を日々のニュースで見聞きするようになって久しいが、多くの日本人にとって、これはいまだ感覚的に捉えきれていない言葉ではないか。二〇一五年の一月には、中東でＩＳＩＳ（あるいはＩＳＬ）の人質となったふたりの日本人が殺害され、フランスでも諷刺新聞を発行する「シャルリー・エブド」社が銃を所持した二人組に襲撃され一二名が命を落とした。いずれもイスラム原理主義者の犯行とされるが、日本人の殺害に関与したと思われる「聖戦士《ジハーディ》・ジョン」の通り名で呼ばれる人物も、「シャルリー・エブド」社を襲ったクワシ兄弟も、ヨーロッパで育ったにも関わらずイスラム原理主義に傾倒したと言われている。新聞やテレビでは、移民の子供として直面させられた差別が原因で、欧米への敵意を燃やし、過激な武装集団やテロリズムに加担するに至ったのではないか、といった推測が語られている。彼らが差別に憤って行動するところまでは分かる。しかし、なぜそこで過激な信仰に身を捧げねばならないのか。価値観の異なる他者への寛容さ、表現の自由といった、現代の民主主義社会を構成する根本理念——それは彼らのような少数者の権利を守る思想でもありえたはずだ——を蹂躙することさえも辞さず、正義の名のもとに冷酷な殺戮に手を染め、憎悪の連鎖へと世界を巻きこむのか。しかも、彼らを知る人びとからは、あの礼儀正しい穏やかな青年がなぜ、といった声も聞かれるのだ。

この「なぜ」という疑問を解く鍵は、いまの報道を追うだけではなかなか手に入らない。しかし、「ジハーディ・ジョン」の出身国とされるイギリスでは、移民の子供たちがイスラム原理主義に傾倒することは、かなり以前から社会問題となっていた。この問題の背景を、痛ましいほどの皮膚感覚で受け止め、神学や思想の言葉ではなく、七〇年代、八〇年代のロンドン郊外を生きた人間の言葉で表現したのが、ハニフ・クレイシという作家である。

本書『言葉と爆弾』(*Hanif Kureishi, The Word and the Bomb.* London: Faber and Faber, 2005) は、六〇年代から七〇年代のイギリスを席捲したポップカルチャー(もちろんそれは、イギリスだけでなくアメリカ、日本など世界中の若者を熱狂させた）を愛して止まない著者が、パキスタン系というみずからのアイデンティティとの葛藤のなかで、現代社会における宗教と民族の問題に関して執筆したエッセイと小説を収めている。

クレイシは一九五四年、ロンドン郊外のブロムリーに生まれた。父はインドのボンベイ（現在のムンバイ）生まれの移民でパキスタン大使館に勤務していた。イングランド人の母は製陶所で絵師として働いていた。パキスタン人への排外主義が強まり、本書でも言及されるイノック・パウエルなどの保守的な政治家が台頭するのは六〇年代に入ってからだが、それ以前にもイングランド人とパキスタン人との結婚には様々な困難があったはずだ、とクレイシは述べている（『心の声に耳を澄ます――父を読みながら』）。もうひとつ、彼の出生を複雑にしているのは、パキスタンとインドの関係である。地理的・歴史的に深い関係にある両国は、主にイスラム教徒とヒンズー教徒との対立のために、一九四七年に別々の国家としてイギリスから独立した。裕福なイスラム教徒だったクレイシの一族はインドに住んでいたが、この分離独立を機にパキスタンへの移住を余儀なくされている。クレイシの父がイギリスに渡ったのもこの年だった。

地元ブロムリーの学校を出たクレイシはランカスター大に入学するが一年で辞めてロンドンの

キングズ・カレッジに移った。彼は一四歳のときから作家になる夢を抱いていたが、大学では哲学を専攻する（一九七七年に卒業）。卒業を待たずにロイヤルコート劇場の案内係として働きはじめ、一九七六年にはこの有名な劇場に付設された小劇場で自作の『熱を吸い込む』（*Soaking the Heat*）が上演され、劇作家としてデビューした。それから五年後、一九八一年にはついにロイヤルコート劇場の座付き作家《ライター・イン・レジデンス》の地位を手に入れる。成功をつかむまでの下積み時代には、「アントニア・フレンチ」等の変名でポルノ小説を執筆して生計を立てていたという。

一九八三年に彼は初めて親類の住むパキスタンを訪ね、翌年にも訪問している。このときのカルチャーショックは本書に収められた「虹のしるし」（‘The Rainbow Sign’）の後半に記されているが、自分のルーツ（というよりその不可解さ）について熟考したことが彼の才能をさらに引き出したのではなかろうか。というのも、一九八五年に封切られた映画『マイ・ビューティフル・ランドレット』（*My Beautiful Laundrette*）の脚本において、クレイシはロンドンに住むパキスタン系移民の多様な姿を見事に表現したからである。監督はスティーヴン・フリアーズ、主人公の同性の恋人役に、まだ無名に近いダニエル・デイ゠ルイスを抜擢したこの映画は英米でヒットを飛ばし、クレイシの脚本はアカデミー賞の脚本部門にノミネートされるなど高い評価を受けた。「ランドレット」とはコインランドリーのことで、タイトルを日本語にするならば「わが麗しのコインランドリー」といった意味になる。裕福な伯父にコインランドリーの経営を任されたパキスタン系の青年オマールが、幼なじみの白人青年ジョニーの協力を得てボロボロのコインランドリーを立て直す、青春の一コマを描いた物語——というのは表面的な説明に過ぎない。重要なのは、物語を介して浮上する八〇年代ロンドンのマイノリティーを取り巻く諸状況である。ジョニーの不良仲間は、日頃の鬱憤を移民排斥運動で晴らしている。他方、成功者の伯父は白人の愛人との情事に耽り、同じく金まわりのいい親類はドラッグ関連の怪しげな仕事に手を出している。このように文明の毒に染まった移民たちも、オマールとジョニーの同性愛には嫌悪感を隠さない。貧富、民族、世代が描く複雑なモザイク模様を、センチメンタリズムを排した都市的なリアリズムで巧みに映像化している。

二年後の一九八七年には、クレイシとフリアーズのコンビによる映画の第二弾、『サミー&ロージィ／それぞれの不倫』（*Sammy and Rosie Get Laid*）が封切られる（原題の“Get Laid”は「寝る」すなわちセックスするという意味の卑俗な表現）。インド／パキスタン系の夫サミーとイギリス人の妻ロージーのロンドンの家を、かつてパキスタンと思しき国で政治家をしていたサミーの父ラフィが訪ねる。しかし、現代のロンドンの生活はラフィがイギリスに対して抱いていた幻想を裏切る。警察に非道な扱いを受けるアフリカ系住民たち。同じアパートに暮らすインド系とアフリカ系のレズビアン・カップル。互いに公然と不倫を行う息子夫婦。どこにも居場所を見いだせず戸惑うラフィを追い打ちするかのように、かつて彼が政治家として非人道的な行為に関与したことをロージーに責められる。その後、ロージーと仲間の女性たちが賑やかに話している部屋の隣で、ラフィは孤独に首を吊る。『マイ・ビューティフル・ランドレット』と同様に、現代ロンドンにおけるエスニック・マイノリティーの生活を描きつつも、イギリスとパキスタンの政治に切り込んだ意欲作である。しかし前作に比べると登場人物への辛辣な視点が強調されており、良くも悪くも観衆の共感を拒否する面があるせいか、興行成績も批評家の評価も芳しくはなかった。もっとも、ポストコロニアリズムの批評家ガヤトリ・スピヴァクは、『マイ・ビューティフル・ランドレット』が民族間の差異をオマールとジョニーの愛という抒情性に還元してしまうのに対し、『サミー&ロージィ／それぞれの不倫』が多様な価値観の齟齬と矛盾を不穏な状態のまさらけ出していることを評価した[1]。

このように、劇壇、ついで映画界で頭角を現したクレイシだったが、一九九〇年に『郊外のブッダ』（*The Buddha of Suburbia*）[2]により小説家として鮮烈なデビューを飾る。七〇年代のロンドン郊外を舞台に、少年期から青年期のクレイシ自身をモデルにしたと思しきカリム（ただし劇作家ではなく役者として劇壇に進出する）の視点で書かれた自伝風の作品で、ボンベイのイスラム教徒の家に育ち、ロンドンに渡って公務員をしていたがヒッピー文化の影響で突然仏教（というより怪しげなスピリチュアリズム）に目覚めたカリムの父ハルーン、彼を精神的指導者として崇拝する虚栄心の強い女性エヴァ、その息子で高校生ながらロックミュージシャンとして活動し、カリムの恋愛対象になる美少年クリストファー、カリムの幼なじみの独立心の強い女性で、マイノリティーの権利を守るために空手や柔道を習うジャミラ、その父で無理やり娘をインド人のチャンゲズと結婚させるが、結局能無しの婿と喧嘩して大人のオモチャで殴られたのが原因で絶命してしまうアヌワル、カリムが所属する劇団を率いる気鋭の演出家でセックスに取り憑かれた男パイク、その劇壇の女優で、外見も言葉づかいもラフだが実は財界や王室にコネのある名家のお嬢様エレノアなど、いずれも一癖ある人びとのコミカルな群像劇を通じて現代イギリスの多文化社会の荒唐無稽でエネルギッシュな姿を浮き彫りにし、なおかつ人種差別や移民社会に残る家父長的な因襲を暴き、返す刀で西洋文化の精神的荒廃に斬りこんでもいる。『マイ・ビューティフル・ランドレット』以来取り組んできたテーマをもっとも豊かに展開したクレイシの代表作であり、ホイットブレッド賞（現在のコスタ賞）の新人小説部門を受賞し、二三カ国語に翻訳された。一九九三年には、原作の雰囲気を見事に捉えたテレビドラマ版が制作されている。映画『マイ・ビューティフル・ランドレット』で主人公の病弱な父親を演じていたロシャン・セスが、同じ父親役ではあるが、今回は滑稽で謎めいた人物を好演している。クレイシの青春時代のヒーローで、高校の先輩に当たるデイヴィッド・ボウイが新たにタイトルチューンを製作し、全篇に散りばめられた七〇年代ロックと映像とのマッチングも絶妙である。

一九九一年には、クレイシみずから監督した『ロンドン・キルズ・ミー』（*London Kills Me*）が公開された。ロンドンの薄汚れた盛り場の映像と刺激的なロック・ミュージックとを結合させ、当時の若者を取り巻く空気を再現した意欲作だが、ドラッグ売買など深刻なテーマをあえてスタイリッシュに描く方向性に共感が集まらなかったのか、興行的には失敗した。後にクレイシは、この作品の手法が一般公開の映画に相応しくなかったと述懐し、「深夜のテレビドラマにすればよかった」と反省の弁を口にしている。その後、クレイシは映画の脚本こそ数多く書いているが、監督業からは手を引いたようだ。だが、いま振り返れば、エディンバラを舞台にセックスとドラッグに明け暮れる若者の閉塞感をポップでサイケデリックな映像に収め、社会現象となったダニー・ボイル監督の『トレインスポッティング』（一九九六年公開、アーヴィン・ウェルシュによる原作小説は一九九三年刊行）の先駆けとして、この映画を再評価することもできるだろう。

一九九五年には二作目の長篇で、本書にもその一部が収められた『ブラック・アルバム』（*The Black Album*）が刊行されている。前作では、ハイブリッドな現代イギリス文化のもつ混沌としたエネルギーの渦に、イスラム教も人種差別も結婚制度も本質を失って呑みこまれるかのように描かれていたが、今回はイスラム原理主義に魅了される若者たちが、このディオニュソス的無秩序への対抗勢力として登場する。主人公のシャヒードはパキスタン系の二世で、高校時代にガールフレンドを妊娠・中絶させてしまってから、しばらくイングランド南東部のケント州で旅行代理店を経営する親を手伝っていた。しかし、知的好奇心を抑えることができず、いまは単身ロンドンに下宿して大学に通っている。学生の六割を黒人とアジア系が占め、「研究よりもギャングの抗争、ドラッグ、窃盗、暴力的な政治運動」で有名なこの大学にシャヒードが入学したのは、若い女性講師ディーディー・オズグッドとプリンスの音楽について語り合い、強く魅了されたからだった。ちなみに、本書のタイトル『ブラック・アルバム』は、作中に漂うダークでポップな雰囲気をうまく要約しているが、プリンスのアルバム名から取られたものだ。[3] 人種的、性的マイノリティーの文化に関心をもち、ドラッグなしでは生きられず、シャヒードを享楽の世界へと導くディーディーは、六〇年代以降のサブカルチャーと多文化主義を体現する。これに対し、シャヒードの下宿の隣人リアーズにとって、ディーディーのような白人による多文化主義の擁護は欺瞞に他ならない。一四歳でパキスタンからイギリスに移住した彼は、現代イギリスの道徳的退廃を糾弾し、イスラム教の信仰によってマイノリティーが結束し、おのれの権利を守ることを主張する。リアーズの周りには信奉者が集まり、なかにはもとラッパーだが薬物中毒に苦しむなかで信仰に目覚め、いまはグループの戦闘要員として活躍するチャドのような人物もいた。過去の失敗で心に傷を負うシャヒードは、リアーズたちの正義の戦いに加わることで人生をやり直せるのではないか、と期待を抱く。ディーディーとリアーズのふたつの世界のあいだで物語は進行するが、すべてを単純な対立に還元しないクレイシ特有の倫理とリアリズムはここでも発揮されている。例えば、ディーディーの歳の離れた夫で同じ大学に務めるブラウンロウは、もとは将来を嘱望されるエリート研究者だったが、政治的な信条からあえてマイノリティーの多いこの学校に就職していた。しかし、共産圏の崩壊を機に吃音に悩むようになり、いまではディーディーからも憐れみの目で見られている。本書に収められた第九章（正確には最初の二ページ半——人種差別者たちの襲撃を受けた移民の家にリアーズとその仲間が移動するくだり——が省かれている）からも分かるとおり、傷ついた左翼知識人であるブラウンロウは、いまやリアーズたちの反差別闘争に（ややシニカルではあるが）関心を示している。本作の終末に近い第一八章では、リアーズたちがラシュディの『悪魔の詩』を校内で燃やすパフォーマンスをおこなうが、これを必死に止めようとするディーディーを尻目に、ブラウンロウは彼らに協力する。分裂しているのは白人の知識人だけでない。シャヒードの兄であるチリは、彼らの父親が亡くなったあと仕事を妻のズルマ（パキスタンの上流出身で、ゴージャスなものが好きなやり手の女性）に任せきりで、ドラッグ漬けになりながらナイトクラブで遊びまわり、正義を振りかざすリアーズとその仲間に対して挑発的に振る舞っている。

『悪魔の詩』が出版されたのが一九八八年、イランの指導者ホメイニ師による処刑宣告《ファトワ》が出たのが翌一九八九年だから、『郊外のブッダ』の刊行された一九九〇年にはすでにイスラム原理主義の問題はイギリスの世論を騒がせていた。表現の自由を擁護する人びとがいる一方で、パキスタン系移民の多いブラッドフォードという町では、実際に『悪魔の詩』を焼き捨てるパフォーマンスがおこなわれた。クレイシは一九八六年にこの町を訪ね、本書にも収められたエッセイ「ブラッドフォード」（'Bradford'）を執筆しているので、当然ながら深い関心と憂慮を抱いたことだろう。しかし、リアーズのような人物は、『マイ・ビューティフル・ランドレット』から『郊外のブッダ』までのクレイシが支持してきた、異種混交性と反権威、それらを体現する六〇年代、七〇年代ロックなどカウンターカルチャーを根底から覆そうとする存在である。いわゆるラシュディ事件から『ブラック・アルバム』刊行までの七年間は、この厄介な問題を自分の文学世界に組みこむためのクレイシ自身の葛藤の歳月だったのだろう。

ただし、フィクションではなくエッセイという形では、クレイシは以前から原理主義的な潮流と向き合っていた。本書に収められたエッセイのうち「虹のしるし」と「ブラッドフォード」は一九八六年に発表されたが、どちらも特定の宗教や思想によって個人の精神を拘束することに懐疑的である。「虹のしるし」ではイノック・パウエルのような白人の排外主義者を批判するだけでなく、イライジャ・ムハンマドのような黒人至上主義的な宗教指導者にも厳しい眼差しが向けられる。「ブラッドフォード」では、イスラムの教えに基づいた授業をおこなう女子校を取材したあと、「いくら共同体に属する者にとって大切なものであっても、特定の信仰のために少女たちの将来の展望が狭められて」よいのか、と疑問を呈している。

　彼の関心はいわゆる先進国にとどまらず、自分のルーツであるパキスタンを取材した「虹のしるし」の後半部では、一九七七年以降パキスタンで進んだイスラム化について、もっぱら批判的に記述している。パキスタンとイスラム原理主義といえば、原理主義勢力による女子教育の弾圧を世界に告発し、登校中に銃撃されたものの奇跡的に快復して二〇一四年にノーベル平和賞を受賞したマララ・ユサフザイを思い出すが、この文章は、およそ三〇年前に書かれたものでありながら、原理主義的な思想がどのような環境で、いかにして生まれたのかを考えるための貴重な資料として、今日でもその価値を失っていない。

　こっそり壜のラベルを剝がして酒を飲み、イギリスのドラマを楽しんでいるカラチの上流階級、

「拳銃、ナイフ、ロシア製のライフル銃、手榴弾、そしてマリファナとアヘンの大きな塊がトマトやオレンジのように屋台に並」ぶ、アフガニスタンとの国境の町の情景、オックスフォードなどイギリスの名門校で教育を受け、大英帝国へのノスタルジーに浸る昔のエリート階級、映像や音楽でアメリカ文化を享受しつつも現実の女性には一切触れることを許されていない悩める青年たち、西洋文明の流入に抵抗してイスラム化を支持する若い弁護士。ただし、クレイシは現代のパキスタンの人びとを上から批判するのではなく、むしろ彼自身の生まれ育った根無し草的なイギリス社会にはない何かをそこに見いだしてもいる。なかでも伯父の家で働く召使いの老女のひたむきな祈りを目撃した彼は、強く心を揺さぶられる。

　このクレイシの揺らぎは、『ブラック・アルバム』においてディーディーとリアーズのあいだで迷い続けるシャヒードに投影されている。もちろん、クレイシが部分的にせよ原理主義を支持していると言いたいのではない。原理主義に走ってしまう若者を結果から批評するのではなく、動機にさかのぼって理解できる立場にあったからこそ、彼は安易な模範解答を示すのではなく、生きた人間たちの衝突を多面的に描出できたのだ。結果として、『ブラック・アルバム』と、やはり本書に収められた短篇「俺の子が狂信者」（'My Son the Fanatic'）[4]は、二〇年も前に現代の状況を予言する作品となった。もっとも、グローバル化とネットによる情報革命を経た今日の現実の方がはるかに大規模で、連鎖的で、破壊的であるけれど。

『ブラック・アルバム』において、リアーズたちはラシュディの本を燃やすだけでは飽き足りず、書店に火を放ち、ディーディーの襲撃さえ企てるに至る。彼らの非寛容な攻撃性に幻滅したシャヒードはあくまでも自由に生きることを選択し、ブラウンロウと別れたディーディーと「楽しみの尽きるまで」一緒にいようと言い交わして物語は終わる。愛の成就によるハッピーエンド？ しかし、「楽しみの尽きるまで」という言い方には、すでに祝祭の終わりが意識されていないだろうか。やがてクレイシが陥る長いメランコリーの予兆をここに見るのは、やや穿ちすぎかもしれない。ただ、この二年後の一九九七年に刊行された短篇集『ブルーな時代の愛』（*Love in a Blue Time*）に収められ、本書に再録された「俺の子が狂信者」を読むと、書き手の視点が以前とは変化したことに気づかされる。

「俺の子が狂信者」も『ブラック・アルバム』と同様、イスラム教の信仰に引き寄せられる移民の子供を描くが、今回は息子ではなく父親の心境に寄り添って語られている。パキスタンからの移民でタクシー運転手のパルヴェズ（後述の映画版から聞き取れるかぎり、この名前は「ヴェ」にアクセントがあるようだ）と、会計士を目指して勉強する自慢の息子アリ。ところがアリはイスラムの教えに目覚めて生活態度を改めるだけでなく、平気で酒を飲み豚を食べる父に苦言を呈し、イスラム教徒を抑圧するイギリス社会を激しく糾弾しはじめる。この息子が『ブラック・アルバム』のリアーズに比べられるとすれば、ディーディーに対応するのは娼婦ベッティーナであろう。いわば資本主義と欲望の最前線で暮らしてきた彼女は、ディーディーのような学識こそないが、生きるのに必要な知識と観察眼、そして寛大な心をもっている。ベッティーナの助言を得ながら、パルヴェズはアリと理解し合えるよう努力するが、もはや息子の頑《かたくな》な心を開くことはできない。アクチュアルな問題を巧みな人物造型と無駄のない叙述で深く抉ることで、本作は現代社会の寓話というべき一般性を獲得している。善良だが少し頼りない中年男の視点を採用したことも、いわゆる「西洋文明」にまみれて暮らす読者の共感を得るのに有効である。

ちなみに、一九九八年には同じタイトルの映画が公開されたが、この脚本でクレイシは様々な加筆をおこなっている。映画版ではファリードと呼ばれる息子は、パキスタンからイスラム法学者を自宅に迎え、パルヴェズの家はファリードたちのグループの活動拠点にされてしまう。彼らはロンドン街角から娼婦を排除し、ベッティーナの働く娼館を焼き討ちする。パルヴェズに打ち据えられたファリードに続き、ベッティーナとパルヴェズの関係を知った妻も家を去り、家族を失ったパルヴェズはベッティーナと結ばれる。

この映画版でいっそう強調されたのが、生き方の擦れ違いによる家族の崩壊である。『郊外のブッダ』にも離婚や親子の葛藤は書かれていたが、それは「俺の子が狂信者」のような深刻さを伴うことはなかった。しかし、親子の絆、そしてこれと表裏をなす現代人とりわけ中年男性の虚無感と孤独――いわゆる「中年の危機《ミッドライフ・クライシス》」――が、『ブルーな時代の愛』以降のクレイシの創作の主要なテーマとなる。この変化をもたらしたのは、作者の私生活に他ならない。一九九三年に双子の息子が生まれた彼は、すでに「恐るべき子供」ではなく、ひとりの父親になっていた。しかしこのときのパートナー（有名な出版社 Faber & Faber の編集者）とはのちに離別し、一九九八年には別の女性との息子が生まれている。なお、クレイシは一度も法的に結婚していない。

　こうした経緯がもっとも強く投影されたのが、その一九九八年に刊行された『インティマシー』（*Intimacy*：邦訳は『ぼくは静かに揺れ動く』、中川五郎訳、アーティストハウス／角川書店、二〇〇〇年）である。妻子を捨て、不倫相手の元へ奔る直前の男の心に去来する未練や不安や孤独が、全篇モノローグで語られている。二〇〇一年には、パトリス・シェロー監督による同名の映画が封切られた（邦題は『インティマシー／親密』）。ただし脚本は『インティマシー』と『ブルーな時代の愛』所収の「終夜灯」（‘Nightlight’）――毎週水曜に逢い無言でセックスに耽る男女を描く――をもとに新たに作られたもので、原作者のクレイシ自身は関わっていない。映画は露骨な性描写で物議を醸したが、ベルリン映画祭で金熊賞に輝き（ちなみに翌年に同賞を授けられたのは、これと似ても似つかぬ宮崎駿の『千と千尋の神隠し』というから驚きだ）、濡れ場を熱演したケリー・フォックスは女優賞を獲得した。

　一九九九年には、早くもクレイシの第二短篇集、『ミッドナイト・オールデイ』（*Midnight All Day*：邦訳は中川五郎訳、アーティストハウス／角川書店、二〇〇一年）が刊行された。性と愛を切り口として都会生活の孤独と虚無を鋭く切り取った一〇作品は、欲望の闇に呑まれる人間の哀しさと滑稽さをクールにさらけ出している。二〇〇一年には長篇『ゲイブリエルの贈り物』（*Gabriel's Gift*：邦訳は『パパは家出中』、中川五郎訳、アーティストハウス／角川書店、二〇〇一年）が発表される。久しぶりに子供の視点を採用したこの作品の主人公は、映画監督を目指す一五歳のゲイブリエル少年。彼の父はかつて人気バンドのベーシストだったが、いまや仕事を失い、酒とマリファナに溺れている。ついに愛想を尽かした母は、父を家から追い出し、バーのウェイトレスとして家計を支える。しかし、ゲイブリエルの活躍のおかげで家族が再生する、という物語。次いで二〇〇三年には、初老の劇作家が脳移植によって若者の肉体を手に入れる中篇と七つの短篇を収めた『ボディ』（*The Body*）が刊行された。

　『ブラック・アルバム』以降、一年か二年に一冊は創作を発表してきたクレイシだが（彼の場合、これに劇作家や映画の脚本家としての仕事も加わるのだから、相当な仕事量である）、ここで彼の筆は小休止し、次作『きみに伝えたいこと』（*Something to Tell You*：二〇〇八年）まで五年間の沈黙があった。もっとも、『郊外のブッダ』と『ブラック・アルバム』のあいだも五年空いているし、イギリスの現代作家が五年間作品を発表しないのは決して珍しいことではない。クレイシと同じ一九五四年生まれのカズオ・イシグロの場合、二〇一五年に発表された最新長篇『忘れられた巨人』（*The Buried Giant*）と、その前の長所である短篇集『夜想曲集』（*Nocturnes*：二〇〇九年）のあいだに六年、その前に刊行した長篇小説『わたしを離さないで』（*Never Let Me Go*：二〇〇五年）とのあいだに至っては十年も経っている。

　しかし、クレイシの場合、『ブルーな時代の愛』以降の作品への評価は概して芳しくない。これまでのクレイシへの批評をまとめたスージー・トーマス[5]は、『ブルーな時代の愛』、『インティマシー』、『ミッドナイト・オールデイ』を、「かつて活力に満ちていた作家が徐々に衰えていく過程」と説明している。批判はさまざまな側面に向けられており、中年男性のミソジニーと自己弁護、自分の人生を題材にする視点の狭さ、構成力の不足と断片性などが指摘されている。例えばジェイムズ・ホプキン[6]は、『ミッドナイト・オールデイ』に比喩表現が乏しいことから、クレイシの観点が類似性よりも断片性に囚われていると指摘し、彼の作品世界はいまや自分の関心のうちに閉ざされており、「ミニマリスト」を超えてミニチュアリスト」になってしまった、と分析した。『インティマシー』については、クレイシの元パートナーで、双子の母親でもあるトレーシー・スコフィールドからは、偽善的との非難を浴びている。ただし、クレイシの作品が知人や親族から苦言を呈されるのはこれが最初ではなく、『郊外のブッダ』については妹や母から事実の歪曲を指摘されている。

　これらの批判のすべてが正鵠を射ているとは言えない。例えばクレイシの作品世界の断片性は、根無し草な都会人を描くのに適した面もあるし、事実にフィクションを織り交ぜたこと自体で創作家を非難することはできない。しかし、次第に設定や物語がパターン化され、人物も個性を失っていったことは否めない。もともとプロットを緻密に構成する作家ではなかったが、常軌を逸した人物と奇想天外なエピソードの発散する混沌とした熱量が失われるにつれて、断片を積み重ねる書き方の欠点が目立つようになったのも確かである。クレイシ本人まで、二〇一〇年のインタヴューで「自分の時代は終わった」と断言している。[7]それぞれの作家には「自分の時代」と呼ぶべきものがあって、彼自身の場合、それは『マイ・ビューティフル・ランドレット』から『郊外のブッダ』、そして『ブラック・アルバム』までだった、と述べているのだ。

　皮肉にも、作品で繰り返し扱ったミッドライフ・クライシスに、クレイシは作家として直面することになった。ハイブリッドで荒唐無稽な七〇年代カルチャーの海を遊泳していた彼にとって、この時期は私生活でのツケ、カウンターカルチャーの制度化と停滞、自身の肉体的な衰えが一気に襲ってきたように思えたのかもしれない。だが、ひょっとすると、こうした要因よりも深く彼を苦しめたのは、二〇〇一年のニューヨーク同時多発テロをきっかけに勃発した、現行の世界秩序とイスラム原理主義との激しく終わりの見えない戦いではなかったか。一見すると、これは『ブラック・アルバム』や「俺の子が狂信者」で彼の予告した事態の実現であり、作家クレイシの評価を高めるきっかけとなり得たようにも思える。しかし出来事は、むしろ彼にとって望ましくない方向に推移する。西洋社会は反テロリズムの大義のために寛容さを失い、本書の表題作「言葉と爆弾」でクレイシが懸念する、「原理主義を迎え撃つためにさらなる原理主義を用いる企て」に世論が雪崩を打って傾いていく。これは、イスラム原理主義とは別の生き方として『ブラック・アルバム』のシャヒードが選んだハイブリッドで反権威的な文化の終焉をも意味していた。二〇〇三年にアメリカがイラクに侵攻し、イラク戦争が始まると、イギリスのブレア政権は熱烈にアメリカを支持する。イギリスの世論はそれほど熱狂的ではなかったものの、根拠の疑わしい戦争に加担することへの批判が高まらなかったのは、九・一一以降の反イスラム感情が影響したと考えるべきだろう。今日では、イラクのフセイン政権が大量破壊兵器を所持していなかったことも、九・一一のテロを引き起こしたアルカーイダなどのイスラム原理主義勢力と特別なつながりがなかったことも明らかになっている。

そして二〇〇五年七月七日、ロンドンでアルカーイダの関係者によると思われる同時爆破事件が発生する。ニューヨークの同時多発テロから四年、スペインのマドリードで一九一人の命を奪った列車爆破事件から一年、ついにロンドンがテロの標的となった。七月七日の朝、運行中のロンドンの地下鉄三台とバス一台が爆破され、実行犯とされる四名を含む五六名が死亡した。実行犯として名前を挙げられたのは、一八歳、一九歳、二二歳、最年長でも三〇歳というイスラム教徒の青年で、いずれもイギリスで生活しており、うちふたりには妻子もいた。一九歳のジャーメイン・リンゼイに至っては、妻がふたり目の子供を妊娠中であった。このリンゼイはジャマイカ生まれだが、他の三名はいずれもパキスタン系移民の二世としてイギリスで生まれ育っている。同じパキスタン系移民の二世であるクレイシにとって、これは他人事ではない。彼は直ちに『ガーディアン』誌に「困難な対話を続けよう」（'The Arduous Conversation Will Continue'）を寄稿し（七月一九日）、「文化のカーニバル」（'The Carnival of Culture'）も発表する（七月二八日）。さらには、本書の表題作「言葉と爆弾」も執筆し、同じ年のうちに出版されたのが本書である。

つまりこれは、特定の事件に対する素早い反応として世に問われた本である。ゆえに、特に先述の三つの文章には、クレイシの切迫した思いと、冷静であろうとする意志との綱引きによって、曰く言いがたい緊張感が漂っている。論旨はあくまでも明晰なので、ここで解説するのは蛇足だろう。ただ、「困難な対話を続けよう」における、一見すると悠長な発言「共同体が政府のせいで腐敗しつつある現在、安易にどちらかに与するのを拒み、困難な対話を続けること以外に、国を愛する方法はない。このためにこそ、ぼくらには文学が、劇場が、新聞が——すなわち文化があるのだ」にこめられた強固な信念と勇気を汲み取っていただければと思う。

本書のあと、クレイシは二冊の小説を発表している。一冊はすでに名前を挙げた『きみに伝えたいこと』、もう一冊は二〇一四年に刊行された『最後の言葉』（*The Last Word*）である。この二冊のあいだも六年が経過しており、クレイシが作家として根本的な探究の時期に入ったことを示唆している。『きみに伝えたいこと』は、インド系でイスラム教の背景をもつ精神分析医ジャマールを主人公に、またしても離婚と中年男性の生き難さをテーマにしている。『最後の言葉』は、インド系の老大家の伝記を書く新進作家を視点的人物に据えている。これは明らかに、カリブ海のトリニダード島出身でインド系の作家、V・S・ナイポール（一九三二年生まれ、二〇〇一年にノーベル文学賞受賞）と、二〇〇九年にナイポールの浩瀚な伝記『世界はあるがままのもの』（*The World Is What It Is*）を上梓し、彼の愛人との関係など私生活に大胆に踏みこんだ内容で関心を集めたパトリック・フレンチをモデルにした作品である。「インド系作家」や「老大家」の一般的なイメージを裏切る皮肉な眼差しにクレイシ流のウィットを見ることはできるが、小説としてのできは決して満足できるものではない。というのも、結局この大作家の家庭的なトラブルが話題の中心になってしまい、広義ではクレイシ自身も含まれる「インド系作家」についてユニークな視点で切りこむという目論みは中途半端にしか達成されていないからだ。

　インド系作家の話題が出たついでに、クレイシの作家としての立ち位置について簡単に触れておこう。クレイシにとって、直接の先輩に当たるインド系作家は、ナイポールよりもラシュディだろう。一九四七年にインドでイスラム教徒の家（ただし父親はケンブリッジ大学出のビジネスマン）に生まれたラシュディは、ポストモダン文学とインドの説話的な世界を融合させ、ポストコロニアル状況を圧倒的な想像力で物語化する。現代の叙事詩を書いたという意味では、フォークナー、ガルシア＝マルケス、中上健次らと比べることもできる作家である。ラシュディより七歳年少のクレイシは、成人するまで自分のルーツであるパキスタンに行ったことはなく、ロンドン郊外に暮らす移民の子供たちの根無し草的な生き方を代弁する。イングランド人とのハーフの彼にとって、ハイブリッドで、よい意味でいかがわしい、六〇年代から七〇年代のカウンターカルチャーこそ、もっとも安らげる場所である。文学でいえば、本書でも言及されているジェイムズ・ボールドウィンのような、アイデンティティについて自由な考えをもつマイノリティー作家のほか、ジャック・ケルアックなどアメリカのビート・ジェネレーションにも近い雰囲気を持っている。現代イギリス文学の解説書を読むと、しばしばクレイシと同じカテゴリーに属する作家として、ジャマイカ人の母とイングランド人の父をもつゼイディー・スミスの名が挙げられている。いずれも移民の子供の視点からハイブリッドな現代ロンドンの風景をコミカルに描いたために、マイノリティーがイギリス文化に溶けこみ、その重要な一部をなしている現状を反映した作家、すなわちナイポールやラシュディの後の「ポストコロニアル文学」を担う書き手と見なされている。しかし、一九七五年生まれのスミスはクレイシより二〇歳以上も若く、当然ながらふたりの作品世界にも大きなギャップがある。スミスの代表作『ホワイト・ティース』（二〇〇〇年：邦訳は小竹由美子訳、新潮社、二〇〇一年）や『美について』（二〇〇五年）を読むと、そこにはディケンズやE・M・フォースター（それも『インドへの道』ではなく『ハワーズ・エンド』の）といった、イギリス文学の古典とのつながりが自然に現れている。個々の作家の資質の違いもあるだろうが、狂乱の七〇年代を肌で感じたクレイシと、すでにロックも政治的な熱さを喪失した九〇年代に青年期をすごし、ヴィクトリア朝の文学もカウンターカルチャーも歴史遺産として受け取ったスミスとの世代的な違いともいえる。

最近のクレイシの作品について、あまり好意的に紹介しなかったが、例外的に私が心を動かされたのは、フィクションではなく『心の声に耳を澄ます――父を読みながら』(*My Ear at His Heart: Reading My Father*) という伝記的なテクストである。二〇一〇年に刊行されたこの著作は、一九九一年に亡くなった父の人生をたどりながら、三人の子供の父親になった自分の生き方についても思索をめぐらせている。クレイシの描く父親像といえば、『郊外のブッダ』に登場する、楽天的で荒唐無稽で少しいかがわしい人物を思い出さずにはいられないが、『心の声に耳を澄ます』が明らかにする実際の父は、第二次大戦後の混乱のなかでインドを後にし(ちなみにこの父はラシュディと同じ高校の出身だという)、パキスタン大使館で細々と働きながら秘かに作家を目指すも夢をかなえられなかった人物だった。これに対して、父の兄、クレイシから見れば伯父に当たる人物は、パキスタンでジャーナリストとして成功し、イギリスに来ては贅沢に金を使っていた。クレイシの父は、まずこの兄へのコンプレックスに苦しみ、次いで息子の文学的な成功に複雑な感情を抱くことになる。自由奔放な若きクレイシに対し、父親は露骨に抑圧することはなかったようだが、ずっと体調を崩していた父親に対する気遣いを強いられたことに、クレイシは忸怩たる思いを持ち続けていた。しかし、自分が父になったうえに、おそらく中年の危機に瀕して自分の弱さと向き合うことを余儀なくされたクレイシは、ようやく夢破れた父への深い愛情を取り戻し、いわば父の足跡をたどることで自分自身を見つめ直そうとしている。クレイシは、どの出版社からもボツにされた父の小説「インドの青春」（'An Indian Adolescence'）の原稿を、期待と不安の入り交じった気持ちで読むが、それは奇しくも、彼のデビュー作と同様の自伝的な作品だった。『最後の言葉』における老大家と若き伝記作家よりもはるかに深く、微妙な関係性がここには描かれており、しかも文学に関する普遍的な問題がクレイシのアイデンティティと絡んだ形で問われている。なんのために書くのか。いかなる運命の元で、自分は作家になったのか。それをさらに探究するために、父のような人物の声をフィクションの形で浮上させることができれば、クレイシは再び軽薄な挑発ではない問題提起をおこなう作家として認められるだろう。

本書によれば、イギリスでパキスタン系の移民への排斥運動が激化したのは一九六〇年代以降だという。すなわち、第二次世界大戦が終わり、かつての大英帝国が慢性的で終わりのない衰退に呑みこまれそうに思えたとき、社会の不満の捌け口として移民が攻撃されたといえる。その後、八〇年代に入るとサッチャー政権によって経済的に「英国病」を脱することができたのかもしれないが、それは社会における弱者を容赦なく切り捨てることによって実現したのであり、かえって社会の底辺に追いやられた人びとの不満は高まった。八〇年代に公開された『マイ・ビューティフル・ランドレット』には、移民に敵意を向けるネオナチ的な白人の若者たちが描かれるが、イギリスの若いムスリムの一部が原理主義に走った背景に、このような憎悪の連鎖があることを忘れるべきではない。

ここから、ふたつのことが言えるだろう。第一に、本書が克明に解き明かしたイギリスの状況は、決して現代の日本社会と無縁ではないこと。九〇年代以降の日本が、経済面で慢性的な衰退を続けていることは隠しようもなく、社会における不満と不安が鬱積している。これに加えて、サッチャーならぬ小泉政権における自由競争の奨励はすっかり日本社会に定着し、働く人びとのあいだでの格差が急激に拡大した。残念ながら、日本でも不満の捌け口となるのはマイノリティーである。論理ではなく感情で結束した人びとが、例えば在日コリアンの人びとを敵に仕立てあげ、差別を正義であるかのように喧伝している。もちろん、このような日本社会の分裂が、イギリスと同様の原理主義を生むと考えるのはあまりに単純である。しかし、正義の味方を名乗ってナイフを振りかざすイスラム原理主義者の若者が、日本に暮らす人びとにとって別世界の存在ではないと感じることが、長い目で見れば日本社会を危機から救い出すことにつながるのは間違いない。そのためにもいま本書が刊行される意義はあるだろう。

もうひとつ、本書から直感的に学びとるべきは、いわゆる「テロとの戦い」の捉え方として、単なる近代と反近代、啓蒙と盲信、あるいは民主主義と権威主義との二項対立ではなく、近代文明そのものが内部から崩壊する徴候として見る視点も必要ということだ。イスラム原理主義は、決して近代的な価値観や西洋的な政治理念への無知を背景に拡散したのではなく、むしろ近代文明から一方的に排除された人びとが現代社会に根本的な矛盾を感じ取った結果、こうした人びと、特に若者の心をつかんだのである。たしかに、原理主義者の過激な主張や行動は、西洋社会が長い期間をかけて培ってきた民主主義の視点から見れば、あまりに非寛容で独善的に見える。しかし古代ギリシャの、そしてリンカーン以前のアメリカ合衆国の共和制が奴隷制と併存していたように、現代の民主主義もしばしば自由と平等の美名のもとに格差や差別を隠蔽している。「言葉と爆弾」でクレイシが示唆するとおり、階級間の闘争として社会の矛盾を説明するマルクス主義的な思想が廃《すた》れたあと、イギリス社会はイデオロギーなしの資本主義へとシフトし、断片化されたマイノリティーへの搾取と屈辱は一方的なものとなった。民主主義社会の見えない壁によって排除されたマイノリティーの若者が、露骨なまでの偽善に嫌悪感を抱いたのだとすれば、イスラムの戒律を文字通りに遵守することを唱える原理主義に引き寄せられるのは決して不自然ではない。彼らを単純というなら、果たして「テロとの戦い」を声高に主張する「先進国」の政治家たちのレトリックは、より複雑で洗練されているというのだろうか。テロリズムと対峙させられた現代人が、市民社会への敵を排除するという無反省で非寛容な反応しか取れないのであれば、仮に個々の戦闘で勝利を重ねたとしても、剝き出しの金と暴力の支配を受け容れている点で、大局的にはすでに敗北しているのではなかろうか。いや、勝敗の基準もないこの戦いは、クラウゼヴィッツの定義した政治の延長としての戦争ですらなく、みずからの人間性を否定した怪物たちの殺し合いであり、あえて言うならば人間とその文明の敗北と終焉を告げているのだ。本書において、イスラム原理主義からは際立った文化が生まれない、とクレイシは指摘するが、この批判はそのままわたしたちにも向けられうる。もしもわたしたちがテクノロジーに還元されない文化を維持し、人間と機械の差異を認められる存在であり続けようと願うならば、いま必要とされているのは、格差を増幅させるシステムに疑問を抱き、少数者への理不尽な攻撃に抵抗し、憎しみの連鎖を食い止めることだろう。それをなすべきは政治家でも軍隊でもなく、一般市民ではなかろうか。この息苦しい時代を乗り越えるための鍵を握っているのは、わたしたちである。

本書の訳出を依頼してくださったのは、勝康裕さんである。わたしの当時の職場の近くで、サンマの押し寿司を肴に日本酒を傾けながら、本書の意義について教えていただいたときのことは、鮮明に覚えている。いま思えば、大変な先見の明をお持ちだったことになる。ところが、その後のわたしが職場を変わるなど多事となり、遅々として翻訳の進まぬうちに勝さんは法政大学出版局を退職されてしまった。その後、前田晃一さんが新しい担当になられたころには、訳稿はすべて揃っていた。しかし、まだ作業は残っていた。本書に頻出する六〇年代、七〇年代のイギリスとアメリカの文化と政治に関する知識は、特に現在の若い読者には共有されていないと思われたため（余談だが、先日ある英文解釈の問題を採点していて、socialist を「社会学者」と訳す学生が多いのにびっくりした）、解説つきの人名索引を作成することにした。また、筆者であるハニフ・クレイシも、現代イギリス文学（というよりポストコロニアル時代の世界文学）における重要な作家であるにもかかわらず、いまの日本で広く知られているとは言えないため、通常の翻訳より詳細な解説を用意した。そのためさらに一年もお待たせすることとなってしまった。かくも長い期間、辛抱強く訳者を鼓舞し、サポートしてくださったおふたりの編集者に、衷心から感謝の念をお示ししたいと思う。

　翻訳が遅れたことが原因なのだが、この解説を書きながら訳稿を再読して驚いたことがある。最初の章で、はるか昔（たぶん七年前……）に訳した「言葉と爆弾」の初めの方に（四ページ）、「『憎悪《ヘイト》』の言論《スピーチ》」という訳語が出てくるのだ。いまであれば、「『ヘイト』スピーチ」とカタカナ書きしてしまうところだ。つまり、この数年の間に「ヘイトスピーチ」は日本の日常に溶けこんでしまったのである。しかしあえてわたしは最初のぎこちない訳語を残すことにした。新語やカタカナ語が好きでないからというより、この言葉が近い将来には廃れていることを願うがゆえに。

　この難航を極めた翻訳がどうにか目的地にたどりつけたのは、先ほど名前を挙げた編集者のおふたりに加えて、杉本文四郎さんの強力なサポートがあったからである。東京大学大学院の博士課程の学生としてサミュエル・ベケットを研究する杉本さんは、年長の友人である訳者の苦境を見るに見かねたのか、本書の下訳を申し出てくださった。そして精力的に作業を進め、「俺の子が狂信者」を除くすべての文章の下訳を揃えてくれた。杉本さんには、ポップカルチャー関連の注のいくつかも作成していただいた。訳文は全面的に改定してあるものの、すばらしい速さで訳稿を送られる杉本さんに触発されなければ、さらに完成が遅れたことは必至である。その意味で、本書は杉本さんとわたしの共訳といっても過言ではない。もっとも、訳文と注に関するすべての責任はわたしにある。

　「俺の子が狂信者」の訳出にあたっては、中村和恵さんの名訳「わが息子狂信者」（『新潮』二〇〇四年八月号掲載）を参照させていただいた。また、本書のフランス語訳（Hanif Kureishi, *Le mot et la bombe.* Traduit par Géraldine Koff-d'Amico, Medeleine Nasalik et Jean Rosenthal. Christian Bourgois éditeur, 2007）からも教えられるところがあった。なお、このフランス語訳は、本書に収められた九篇に加えて、二〇〇六年にクレイシが『ガーディアン』紙に発表した二本の記事も収録している。

二〇一五年三月二〇日　地下鉄サリン事件から二〇年後の日

武田将明

注

＊1――Gayatri Chakravorty Spivak, *Outside in the Teaching Machine* (New York: Routledge, 2009), pp. 275, 286.

＊2――古賀林幸による邦訳が一九九六年に中央公論社から刊行されている。

＊3――プリンスの『ブラック・アルバム』は、一九八七年末のリリース直前にプリンス自身の意向で販売が撤回された。そのため幻のアルバムと呼ばれ、すでに完成していた販促用のディスクを違法コピーした海賊版が出まわる事態となったが、一九九四年にようやく正式に発売された。

＊4――このタイトルは、フィリップ・ロスの短篇「狂信者イーライ」（'Eli, the Fanatic'）に倣ったものだろう。こちらはアメリカ社会に同化していたユダヤ人が自分の民族性に目覚める物語で、ロスの代表作『さようならコロンバス』と一緒に一九五九年に刊行された。

＊5――Susie Thomas (ed.), *Hanif Kureishi: A Reader's Guide to Essential Criticism* (Basingstoke: Palgrave, 2005), p.148. ただし、トーマスによれば『ゲイブリエルの贈り物』と『ボディ』への世評は相対的に高かったという。とはいえ、これらの作品も中年の危機というおなじみのテーマを喜劇的な切り口で扱った点が評価されているにすぎず、クレイシが作家としての危機を本質的に乗り越えたとは、本解説の筆者は考えない。

＊6――James Hopkin, 'The Horror of Being Hanif'. *Guardian*, 30 October 1999.

＊7――David Sexton, 'Hanif Kureishi: My Era Is Over'. *London Evening Standard*. 25 February 2010. Web.

著者

ハニフ・クレイシ（Hanif Kureishi）

1954年、ロンドン郊外のブロムリーに生まれる。父はインドのボンベイ（現在のムンバイ）生まれの移民でパキスタン大使館で働き、イングランド人の母は製陶所で絵師として働いていた。ロンドンのキングズ・カレッジに入学。作家になる夢を抱いていたが、大学では哲学を専攻する。卒業を待たずにロイヤルコート劇場の案内係として働きはじめる。1976年に自作の『熱を吸い込む』が上演され、劇作家としてデビュー。1981年にロイヤルコート劇場のライター・イン・レジデンス（座付き作家）となる。1985年に脚本を書いた映画『マイ・ビューティフル・ランドレット』、1987年に『サミー&ロージィ／それぞれの不倫』が公開され、1990年には『郊外のブッダ』で小説家デビューを果たす。1991年には自ら監督をした『ロンドン・キルズ・ミー』が公開。以降は小説を中心に執筆活動を行っている。邦訳された作品に、『ミッドナイト・オールデイ』（中川五郎訳、アーティストハウス／角川書店）、『パパは家出中』（中川五郎訳、アーティストハウス／角川書店）、『ぼくは静かに揺れ動く』（中川五郎訳、アーティストハウス／角川書店）、『郊外のブッダ』（古賀林幸訳、中央公論社）などがある。

訳者

武田将明（たけだ・まさあき）

1974年生まれ。東京大学大学院総合文化研究科准教授。デフォーとスウィフトを中心に研究すると同時に日本とイギリスの現代文学についての評論活動も行う。「囲われない批評——東浩紀と中原昌也」（『群像』2008年6月号）で群像新人文学賞（評論部門）受賞。著書に『「ガリヴァー旅行記」徹底注釈』（共著、岩波書店）、『イギリス文学入門』（共著、三修社）など。訳書に、デフォー『ロビンソン・クルーソー』（河出文庫）、サミュエル・ジョンソン『イギリス詩人伝』（共訳、筑摩書房）などがある。

サピエンティア　**39**
言葉と爆弾

2015年5月29日　初版第1刷発行

著　者　ハニフ・クレイシ
訳　者　武田将明
発行所　一般財団法人　法政大学出版局
〒102-0071　東京都千代田区富士見2-17-1
電話03(5214)5540／振替00160-6-95814
組版　HUP／印刷　ディグテクノプリント／製本　誠製本
装幀　奥定泰之

ISBN 978-4-588-60339-6　Printed in Japan

人名索引

ア行

アーウィン(Robert Irwin, 1946–) イギリスの歴史学者、小説家。中東の文学・文化に関する研究で知られ、ペンギン版『千一夜物語(アラビアン・ナイト)』の解説を担当している。『知への欲求のために——オリエンタリストとその敵』(*For Lust of Knowing: Orientalists and Their Enemies*, 2006. アメリカでは *Dangerous Knowledge: Orientalism and Its Discontents* のタイトルで刊行)は、サイードの『オリエンタリズム』(*Orientalism*, 1978)に見られる認識の誤りを指摘して話題となった(ただし、彼の批判はサイードの思想には及んでいない)。小説のうち、『アラビアン・ナイトメア』(*Arabian Nightmare*, 1983)には邦訳がある(若島正訳、国書刊行会、1999)。……167

アクタル(Shabbir Akhtar, 1960–) パキスタン出身でイギリスに育ち、現在はアメリカのオールドドミニオン大学准教授。『ムハンマドに気をつけろ!:サルマン・ラシュディ事件』(*Be Careful with Muhammad!: Salman Rushdie Affair*, 1989)、『万能の信仰:イスラムと西洋の近代』(*A Faith for All Seasons: Islam and Western Modernity*, 1990)などイスラムに関する著書多数。……11, 14, 19, 166

アッカリー(J. R. Ackerley, 1896–1967) イギリスの作家・編集者。作家E・M・フォースターの手引きでインドに滞在した経験を『インドの休日』(*Hindoo Holiday*, 1932)にまとめている。……2

アームストロング(Louis Armstrong, 1901–1971) アメリカ合衆国のジャズ・ミュージシャン。ルイジアナ州ニューオーリンズのアフリカ系アメリカ人の多く住む貧困地区に生まれる。1967年に発表した「この素晴らしき世界」('What a Wonderful World')はいまでもよく耳にする名曲。……152

アリ(Muhammad Ali, 1942–) アフリカ系アメリカ人の元プロボクサー。カシアス・マーセラス・クレイとして生まれ、1960年にローマ・オリンピックでボクシングのライトヘビー級金メダルを獲得。同年にプロに転向し、1964年にWBA・WBC統一世界ヘビー級王者のソニー・リストンに勝利しヘビー級チャンピオンとなった。試合後にネーション・オブ・イスラム(黒人の民族的優位を説くイスラム系の宗教)の信者であることを公表し、モハメド・

アリと改名(1975年にイスラム教スンニ派に改宗)。1967年にはベトナム戦争への徴兵を拒否したため無敗のままWBA・WBC統一世界ヘビー級王者を剥奪された。1970年にリングに復帰し、74年にジョージ・フォアマンに勝利して王座にも返り咲いた。1976年には日本でアントニオ猪木と対戦している(結果は引き分け)。1981年に引退。その後パーキンソン病と診断され、現在も闘病を続けている。1990年の湾岸危機では、みずからバグダードに赴きアメリカ人の人質解放に尽力した。1996年のアトランタオリンピックの開会式では、病身をおして聖火を聖火台に点火する姿が感動を与えた。ボクサーとしては「蝶のように舞い、蜂のように刺す」と形容される華麗なファイトスタイルで知られ、リング外では公民権運動に関わり、黒人解放の象徴となった。………32–33

ヴィトゲンシュタイン(Ludwig Wittgenstein, 1889–1951) オーストリアのウィーンに生まれ、イギリスのケンブリッジ大学で教鞭を執った哲学者。生前に出版した哲学書は『論理哲学論考』(*Tractatus Logico-Philosophicus*, 1921)のみだが、言葉で世界を考える行為について根本的に問い直す彼の思想は、今日でも広く研究されている。没後出版で、言語ゲームという観点から人間の認識・行動を捉え直した『哲学探究』(*Philosophical Investigations*, 1953)も有名。………167

ウォー(Evelyn Waugh, 1903–1966) イギリスの作家。世相を辛辣に諷刺した作品で知られる。『黒いいたずら』(*Black Mischief*, 1932)はアフリカの架空の国を舞台にしている。『一握の塵』(*A Handful of Dust*, 1934)では、イギリスの生活に幻滅した主人公が南米探検に出発するが、ジャングルの奥で囚われの身となり、なぜかディケンズの小説を永遠に朗読させられる。………2

エリソン(Ralph Ellison, 1914–1994) アフリカ系アメリカ人作家。リチャード・ライトの勧めで文筆の道に進んだ。全米図書賞を受賞した『見えない人間』(*Invisible Man*, 1952)は、実験的な手法で黒人青年の意識を深く探究しながら、倫理的なタブー(近親相姦)や政治問題(彼はライトの影響で共産主義を信奉したが、後に幻滅した)も扱っている。イェール大学やニューヨーク大学で教鞭を執った。作家としては完璧主義者で、二作目の小説は未完に終わった。………3

オーウェル(George Orwell, 1903–1950) 全体主義国家の悪夢を描く『一九八四年』(*Nineteen Eighty-Four*, 1949)で有名なイギリスの作家。インド植民地官僚の家庭に生まれ、イギリスで育った後、ビルマ(現ミャンマー)のインド帝国警察で働いている。そのときの経験を書いた小説に『ビルマの日々』(*Burmese Days*, 1934)、エッセイに「象を撃つ」('Shooting an Elephant', 1936)がある。………2, 7–8, 16, 170

カ行

カプール（Shashi Kapoor, 1938–）　インドの俳優。クレイシ脚本の『サミー&ロージィ／それぞれの不倫』（*Sammy and Rosie Get Laid*, 1987）でサミー役を演じた。……148

キプリング（Rudyard Kipling, 1865–1936）　インドのボンベイ（現ムンバイ）生まれのイギリスの作家。『ジャングル・ブック』（*The Jungle Book*, 1894）など、インドでの経験を生かした作品で人気を博し、1907年に英語圏では初めて、かつ史上最年少でノーベル文学賞を受賞。その後、作品に見られる帝国主義的・保守的な思想から敬遠されていたが、近年再評価されつつある。……8, 23

キング（Martin Luther King, Jr., 1929–1968）　バプテスト派の牧師。1955年、アラバマ州モンゴメリーの市営バスには公然と「白人優先席」が設けられていたが、この席を白人に譲るのを拒否した黒人女性ローザ・パークスが逮捕されると、キングはバスの乗車ボイコット運動を展開し、差別の撤廃に成功した。さらにキングは全米でアフリカ系アメリカ人の権利を訴える公民権運動を指導するが、彼の運動方針はインド独立運動の指導者マハトマ・ガンジーの影響を受けた非暴力主義だった。1963年のワシントン大行進における歴史的な名演説は、「わたしには夢がある（I have a dream）というフレーズで有名である。1964年には公民権法が制定され、同年にノーベル平和賞を受賞。その後はベトナム反戦運動にも関わったが、1968年に凶弾に斃れた。……12

クリーヴァー（Eldridge Cleaver, 1935–1998）　アフリカ系アメリカ人の政治活動家。1958年にレイプと殺人未遂の罪で投獄され、獄中で黒人解放運動とマルクス主義に目覚める。著書『氷の上の魂』（*Soul on Ice*, 1968）によれば、かつて自分が白人女性をレイプしたのも反逆の表現だったという。1966年に釈放されると黒人の権利の擁護を目標に掲げる武装集団ブラックパンサー党に入り、党の情報大臣となる。1968年に殺人容疑をかけられてキューバに、ついでアルジェリアに逃亡する。しかし党の中心だったヒューイ・ニュートンが穏健路線を目指すと対立が深まり、1971年に党を追放された。1975年にアメリカに帰国してからは、統一教会やモルモン教などさまざまなキリスト教系の団体を渡り歩き、政治的には共和党の支持者となった。……31, 35, 53, 172

グリーン（Graham Greene, 1904–1991）　イギリスの作家。娯楽性と文学性を兼ね備えた作品で知られる。『事件の核心』（*The Heart of the Matter*, 1948）は西アフリカのイギリス植民地を、『おとなしいアメリカ人』（*The Quiet American*, 1955）は反植民地闘争の渦中のベトナムを舞台にしている。……2, 5

ゲバラ（Che Guevara, 1928–1967）　アルゼンチン生まれの政治家・革命家。フィデル・カストロらと共にキューバ革命（1953–1959）を成功に導く。その後コンゴやボリビアで革命を指導するが、ボリビア政府軍に捕まり殺害された。1960年代後半以降、彼は第三世界の革命勢力のあいだで英雄視されるだけでなく、先進国でもカウンターカルチャーの象徴として人気を集め、彼の肖像はしばしばTシャツなどに描かれている。……62

コール（Nat King Cole, 1919–1965）　アメリカ合衆国の歌手。1951年の「アンフォゲッタブル」（'Unforgettable'）など、数多くのヒットを飛ばす。娘のナタリー・コールも歌手。……152

サ行

サイード（Edward Said, 1935–2003）　アメリカの批評家。パレスチナのキリスト教徒の家庭に生まれる。長年コロンビア大学で比較文学を講じた。代表作『オリエンタリズム』（*Orientalism*, 1978）では、西洋が捏造してきたアジアや中東のイメージを帝国主義との関連から批判的に暴き出し、ポストコロニアル理論の基礎を確立した。他の代表作に『文化と帝国主義』（*Culture and Imperialism*, 1993）。ミシェル・フーコーやジャック・デリダなどポスト構造主義の思想の影響を受けながらも、制度や権力を理論的に分析するだけでなく、個人が抵抗する可能性も問い続けた。『知識人とは何か』（*Representations of the Intellectual*, 1994）では、専門知に閉じこもる学者ではなく、特定の民族や国家に帰属しない、よきアマチュアと亡命者の精神を持つ者こそ知識人であると指摘し、18世紀イギリス・アイルランドの作家スウィフトから20世紀ドイツの思想家アドルノ、現代アメリカの言語学者チョムスキーまで、社会における批判的知識人の役割を論じている。彼自身も、パレスチナ問題を初めとする国際問題に積極的に発言した。作家の大江健三郎と親交があり、『晩年様式集 イン・レイト・スタイル』（2013：このタイトル自体、サイードの著作『晩年のスタイル』（*On Late Style*, 2006）に基づく）などの大江作品に登場している。……16–17, 100, 174

サッチャー（Margaret Thatcher, 1925–2013）　イギリスの政治家。質素倹約を信条とするメソジストの家に生まれる。1959年に保守党の代議士として初当選。1975年に保守党党首に就任。1979年の国政選挙で野党だった保守党を勝利に導き、イギリス初の女性首相となった。第二次大戦後のイギリスでは、主に労働党政権の時代に、政府による産業保護や社会福祉の拡大が進められていたが、サッチャー政権はこの方向を一新、自由競争を重視して政府の市場への介入を抑制し、国営企業を次々と民営化した。この経済政策はサッチャ

リズムと呼ばれ、イギリス経済の立て直しに貢献したという評価もあれば、弱者を切り捨て、地方経済を衰退させたという非難もある。1982年に南大西洋のイギリス領フォークランド諸島にアルゼンチン軍が侵攻するとサッチャーは直ちに軍隊を派遣、戦闘に勝利した。その強硬な政治手腕から、鉄の女というあだ名をつけられた。1990年に首相を引退、政治の表舞台から姿を消す。晩年は認知症を患っていたとされる。イギリスの文学者のなかには、イギリスの伝統的なコミュニティーを崩壊させたサッチャー時代を批判的に見る向きが強く、イアン・マキューアンの『時間の中の子供』(*The Child in Time*, 1987)のように、明らかにサッチャーをモデルとした政治家を諷刺的に描いた作品もある。……148

サンズ(Duncan Sandys, 1908–1987)　イギリスの政治家。1950年代から60年代にかけて、保守党内閣で閣僚を歴任した。1935年にウィンストン・チャーチルの娘ダイアナと結婚したが、1960年に離婚。……28

サンドゥ(Sukhdev Sandhu)　ニューヨーク大学准教授。文学、映画評論で健筆を揮う。著書に『ロンドン・コーリング――黒人作家とアジア系作家はいかに都市を想像したか』(*London Calling: How Black and Asian Writers Imagined a City*, 2003)。……6

ジア＝ウル＝ハク(ジア将軍)(Muhammad Zia-ul-Haq, 1924–1988)　パキスタンの軍人、政治家。ズルフィカール・アリー・ブットー首相の信任を得て1976年に陸軍参謀長に任命されたが、翌77年に軍事クーデターで実権を握り、78年に大統領に就任した。パキスタンのイスラム化を推進したが、1988年に飛行機事故で死去。……40, 45

シャプコット(Jo Shapcott, 1953–)　現代イギリスを代表する詩人。2003年に大英帝国勲章(コマンダー)を授与されるが、イギリスがイラク戦争に参加するのに反撥して受勲を拒否した。「狂牛病の牝牛の反論」(‘The Mad Cow Talks Back’)は詩集『フレーズ・ブック』(*Phrase Book*, 1992)に収められている。近著にコスタ図書賞の年間大賞を受賞した『うつろい』(*On Mutability*, 2010)。……4

ジャフリー(Saeed Jaffrey, 1929–)　インドの俳優。クレイシ脚本の映画、『マイ・ビューティフル・ランドレット』(*My Beautiful Laundrette*, 1985)では、主人公の叔父で、ロンドンで手広く商売を営むパキスタン出身の人物を演じている。……147

ショウ(George Bernard Shaw, 1856–1950)　アイルランド出身の劇作家。ロンドンで社会主義に傾倒してフェビアン協会に参加、のちにロンドン・スクール・オブ・エコノミクスの創設者のひとりとなった。作家としては、まず批評家として頭角を現し、ついで劇作家として不動の名声を確立、1925年に

ノーベル文学賞を受賞した。代表作『ピグマリオン』(*Pygmalion*, 1913 初演)は、ショウの没後に『マイ・フェア・レディ』(*My Fair Lady*)のタイトルでミュージカルとなって人気を博し、1964 年には同じタイトルでオードリー・ヘップバーン主演の映画にもなっている。 45

シール(Bobby Seale, 1936–)　アフリカ系アメリカ人の政治活動家。1965 年にマルコム X が暗殺されると、シールと同じ大学に通う友人のヒューイ・ニュートンがブラックパンサー党を設立し、シールは議長に就任した。1969 年か 1972 年まで獄中生活を送ったが、釈放後はブラックパンサー党のイメージの改善に努め、貧しい学童への朝食の配給活動などを行った。しかしヒューイ・ニュートンによって 1974 年に党を追放され、その後は自伝やバーベキューのレシピ本の執筆を行っている。レシピの一部は彼のウェブサイトで公開されている。 31, 172

ジンナー(Muhammad Ali Jinnah, 1876–1948)　パキスタンの建国の父。イギリスの支配下にあったカラチのムスリムの家に生まれる。1892 年にロンドンに渡り、96 年に 19 歳で弁護士資格を取得。彼の所属したリンカーン法曹院には、のちにマーガレット・サッチャー、ズルフィカール・アリー・ブットー、トニ・ブレアも所属している。その後、ボンベイ(現ムンバイ)で弁護士を開業して成功を収めてから政界に進出、インド国民会議派に加わり、全インド・ムスリム連盟の代表になった。国民会議派の内部でムスリムとヒンドゥー教徒との対立が深まると、ジンナーはインドのムスリムがヒンドゥー教徒とは分離して独立を果たすことを主張し始める。1947 年にインドとパキスタンが別々の国家として独立すると、ジンナーはパキスタンの初代総督に就任したが、結核と肺癌の合併症によって翌年に死去した。 44

スティーヴンス(ユスフ・イスラム)(Cat Stevens / Yusuf Islam, 1948–)　イギリスのミュージシャン。1966 年にデビューし、1970 年のアルバム『父と子』(*Tea for the Tillerman*)は 50 万枚以上の大ヒットとなった。1975 年にカリフォルニア州のマリブで溺死しそうになって以来、禅など宗教に関心を持ちはじめ、1977 年にイスラム教に改宗した。これを機に音楽活動から身を引き、翌年には名前をユスフ・イスラムと改めた。1989 年のラシュディへの死刑宣告(ファトワ)に際しては、(本人は否定しているが)宣告を支持したと報道された。2001 年 9 月 11 日の同時多発テロについては直ちに非難声明を出した。2006 年に 28 年ぶりのニューアルバム『アン・アザー・カップ』(*An Other Cup*)を発表して音楽業界に復帰した。 135

セス(Roshan Seth, 1942–)　インド生まれの俳優。クレイシが脚本を書いた『マイ・ビューティフル・ランドレット』(*My Beautiful Laundrette*, 1985)では、絶望して生きる気力をなくした社会主義者のジャーナリスト(主人公の父親)

を演じた。クレイシが監督した『ロンドン・キルズ・ミー』（*London Kills Me*, 1991）、クレイシの小説をテレビドラマにした『郊外のブッダ』（*The Buddha of Suburbia*, 1993）にも出演し、後者では主人公カリムの父親を演じている。……147

セラーズ（Peter Sellers, 1925–1980）　イギリスのコメディアン、俳優。様々な民族のものまねを得意とした。1960年のイギリス映画『求むハズ』（*The Millionaires*）では、ソフィア・ローレン演じる億万長者の令嬢と恋に落ちるインド人医師の役を演じている。また、スタンリー・キューブリック監督の『博士の異常な愛情 または私は如何にして心配するのを止めて水爆を愛するようになったか』（*Dr. Strangelove or: How I Learned to Stop Worrying and Love the Bomb*, 1964）では、頭のいかれた科学者ストレンジラヴ博士をはじめ一人三役を演じている。……24, 171

タ行

トーニー（Richard Henry Tawney, 1880-1962）　イギリスの経済史家。イギリス統治下のインド、カルカッタ生まれ。キリスト教的な人道主義と社会主義の観点からイギリス史を再検討し、広範な影響力を持った。代表的な著作に『宗教と資本主義の興隆』（*Religion and the Rise of Capitalism*, 1926）がある。穏健な社会主義者の集団であるフェビアン協会に属し、フェビアン協会とゆかりの深いロンドン・スクール・オブ・エコノミクスで長年に渡り教鞭を執った。……44

ナ行

ナイポール（V. S. Naipaul, 1932–）　カリブ海に浮かぶトリニダード島（1962年まで英領）生まれの、インド系イギリス人作家。『自由の国で』（*In a Free State*, 1971: ブッカー賞受賞）など、ポストコロニアル状況を主題にした作品を数多く発表し、2001年にノーベル賞を受賞した。彼の人生については、2008年に刊行されたパトリック・フレンチ（Patrick French）による伝記『世界はあるがままのもの』（*The World Is What It Is*）に詳しい。クレイシの近作『最後の言葉』（*The Last Word*, 2014）は、この伝記を執筆中のナイポールとフレンチとの関係をフィクションにしたもの。……3

ニュートン（Huey P. Newton, 1942–1989）　アフリカ系アメリカ人の政治活動家。大学時代にマルクス、ファノン、マルコムX、毛沢東、チェ・ゲバラらの著作に影響を受け、1966年に同じ大学のボビー・シールとともにブラックパ

ンサー党を設立し、黒人を解放するための武装闘争を展開した。1967年に警官を殺害した容疑で逮捕されたほか、数度にわたり殺人の容疑をかけられたがいずれも有罪を免れている。1980年には、ブラックパンサー党の活動に関する博士論文により、カリフォルニア大学サンタクルズ校から博士号を授与された。1989年にアフリカ系アメリカ人のギャング組織ブラック・ゲリラ・ファミリーのタイロン・ロビンソンによって射殺された。

....31, 53, 172

ハ行

パウエル(Enoch Powell, 1912–1998) イギリスの政治家。ケンブリッジ大学で西洋古典を学び、極めて優秀な成績を収める。同時にウルドゥー語を学んだが、これはインド総督になるという将来の目標のためだった。25歳でオーストラリアのシドニー大学のギリシャ語・ギリシャ文学教授となるが、第二次大戦が勃発するとみずから軍に入隊し、その驚異的な語学力を生かして活躍、准将にまで上り詰める。戦後は保守党員として政界に進出、ハロルド・マクミランの内閣では厚生大臣を務めた(1960–1963)。保守反動の政治家として知られ、1968年に行ったいわゆる「血の川」演説では(本書28ページ参照)、イギリスの移民政策を挑発的に批判して物議を醸した。
....28–30, 53, 171–172

バージェス(Anthony Burgess, 1917–1993) イギリスの作家。暴力の渦巻く近未来社会を描いた『時計じかけのオレンジ』(*A Clockwork Orange*, 1962)で知られるが、1950年代にはイギリスのマレー半島での植民地支配の終焉を描く小説を発表している。..2

ピール(John Peel, 1939–2004) イギリスのディスクジョッキー。1967年から2004年に亡くなるまで、BBCラジオで「ピール・セッション」という番組の進行役を務め、プログレッシヴ・ロックなど新しいジャンルの音楽を紹介した。..27

ピンク・フロイド(Pink Floyd) イギリスのロックバンド。1970年のアルバム『原子心母』(*Atom Heart Mother*)が全英1位を獲得し、プログレッシヴ・ロックを牽引するバンドとして名声を確立する。あくなきコンセプトの探究と緻密な音作りにより、独自の世界を構築している。代表作に1973年の『狂気』(*The Dark Side of the Moon*)と1979年の『ザ・ウォール』(*The Wall*)がある。1994年の『対/TSUI』(*The Division Bell*)以降、長年オリジナル・アルバムを発表していなかったが、2014年11月にニューアルバム『永遠/TOWA』(*The Endless River*)がリリースされた。..27

ファノン（Franz Fanon, 1925–1961）　アフリカ系フランス人の思想家。フランスの植民地だったカリブ海の島マルティニーク（現在もフランスの海外県）に生まれる。中学ではエメ・セゼールに学ぶ。セゼールはマルティニーク出身の詩人で、「ネグリチュード」（黒人性）という概念を提唱して植民地主義を批判していた。第二次世界大戦でフランスがナチス・ドイツに降伏するとイギリス領だったドミニカに渡り、ドイツに抵抗する自由フランス軍に加わった。戦後リヨン大学で学び、1951年には精神科医の資格を取得した。1953年にフランスの植民地だったアルジェリアで診療を開始すると翌54年にアルジェリア独立戦争が勃発、やがてファノンは病院の職を辞してアルジェリア民族解放戦線に加わり、独立派の広報としてアルジェリア内外で活躍する。白血病と診断され、治療のために滞在したアメリカ合衆国にて36歳で亡くなった。死の翌年である1962年にアルジェリアは独立した。彼の主著はフランス時代に出版された『白い皮膚、黒い仮面』（1952）と独立戦争のさなかで書かれた『地に呪われたる者』（1961）である。いずれも精神分析の知識を応用しながら、黒人であることや被植民者であることがいかなる心理状態をもたらすかを考察した。後者では植民地の民衆が肉体だけでなく精神を解放する手段として武力闘争に身を投じることを肯定している。彼の思想は世界中の反植民地闘争や民族独立運動だけでなく、アメリカ合衆国における黒人解放運動にも影響を与えた。……………34, 62

フォースター（E. M. Forster, 1879–1970）　イギリスの作家。ブルームズベリー・グループ（作家ヴァージニア・ウルフらが組織したリベラル知識人の集まり）の一員に数えられる。作品ではしばしばイギリス文化の硬直性を批判的に描いた。『インドへの道』（*A Passage to India*, 1924）は、インドを舞台に植民地と宗主国、あるいは東洋と西洋との和解・協調の難しさをヒューマニスト的な視点から描いている。同性愛者だったが、その主題を扱った作品『モーリス』（*Maurice*, 1913年ごろ執筆）は、彼の死後1971年に出版された。
……………2, 7–9, 16

ブッシュ（George W. Bush, 1946–）　アメリカ合衆国の政治家。父のジョージ・H・W・ブッシュも共和党の政治家で第41代大統領である。息子のブッシュは1994年にテキサス州知事に就任。2000年の大統領選挙に共和党の候補として出馬、民主党のアル・ゴアとの大接戦の末に勝利を収めた。翌2001年、第43代大統領に就任すると、9月11日に同時多発テロが勃発。これを機にブッシュはアフガニスタン侵攻、イラク戦争と報復の名の下に次々と軍事作戦を遂行した。二期目には、イラク戦争の戦後処理に対する国内外からの批判に加え、アメリカのサブプライムローン問題に端を発した世界金融危機（2007–2008）が生じ、ブッシュ政権の人気は急激に下降した。2009年に大

統領を退任。民主党のバラク・オバマが次期大統領に選ばれた。··················166

ブットー（ズルフィカール・アリー／ズルフィ）（Zulfikar Ali Bhutto, 1928–1979）
パキスタンの政治家。カリフォルニア大学バークレー校とオックスフォード大学で学んだ後、1953年にロンドンのリンカーン法曹院に属する弁護士となった。その後パキスタンの政界に進出し、1971年から73年まで大統領、73年から77年まで首相を務めた。インドとの和平協定に調印し、バングラデシュを承認する一方、核開発計画を推進した。1977年にムハンマド・ジア＝ウル＝ハク将軍によるクーデターで失脚、79年に政敵暗殺を理由に死刑に処せられた。娘のベーナズィールは後にパキスタンの首相となった。
···45, 164

ブットー（ベーナズィール）（Benazir Bhutto, 1953–2007）　パキスタンの政治家。ズルフィカール・アリー・ブットーの娘。1969年から1977年にかけてハーバード大学とオックスフォード大学で教育を受けてパキスタンに戻ったが、首相だった父の失脚後、ベーナズィールも監禁（一時は投獄）された。1984年にイギリスに亡命し、かつて父が創設したパキスタン人民党の党首に就任する。1988年に飛行機事故でジアが死ぬと、同年の総選挙でパキスタン人民党が与党となり、ベーナズィールは首相となった。1990年に汚職のため首相の任を解かれたが、93年に再び首相に就任する。ところが96年に再度汚職を告発され、首相を解任された。その後、アラブ首長国連邦のドバイで亡命生活を送っていたベーナズィールは、2007年に政界復帰を目指して帰国したが選挙集会中に暗殺された。軍事政権とイスラム原理主義と闘った民主的な政治家というイメージがある一方で、在任中に核開発を推進しただけでなく、アフガニスタンのタリバン政権を支援していたという指摘もある。

···48

プリ（Om Puri, 1950–）　インドの俳優。クレイシ原作の映画版『俺の子が狂信者』（*My Son the Fanatic*, 1997）でイスラム原理主義に共感する息子との関係に悩む父親を演じた。··151

プリンス（Prince, 1958–）　アメリカ合衆国のミュージシャン。1978年にデビューして以来、様々なジャンルを自在に取り入れたユニークな楽曲を発表し続けている。クレイシの二作目の小説『ブラック・アルバム』（*The Black Album*, 1995）は、プリンスの同名のアルバム（1994）から取られたものである。
···79

ブレア（Toni Blair, 1953–）　イギリスの政治家。エディンバラ生まれ。1994年に労働党党首、1997年に43歳でイギリス首相となる。経済政策においては、労働党政権でありながら市場原理を取り入れたが、国内政策ではスコットランドやウェールズの自治を促進し、また北アイルランド問題についてもアイ

ルランドとの和平合意を結ぶなど、リベラルな姿勢を見せた。彼の政策は、冷戦終結後の左派政党の取るべき姿を示すもので、(旧来の保守でも革新でもない)「第三の道」あるいは「新労働党」(ニュー・レイバー)といった名称で呼ばれて人気を博した。しかし、2003年のアメリカを中心とするイラク侵攻に積極的に協力したことなどから次第に世論の支持を失い、2007年に同じ労働党のゴードン・ブラウンに政権を譲った。……16, 166

ブレイスウェイト(E. R. Braithwaite, 1920–) 1966年までイギリス領だった南アメリカのガイアナ出身の作家。ケンブリッジ大で物理学を修めるも黒人だったため研究を続けられず、ロンドンのイースト・エンドで中学教師になり、学習意欲を失くした労働者階級の子供たちに直面する。『いつも心に太陽を』(*To Sir, with Love,* 1959)は、そのときの経験に基づいた小説で、1967年に映画化もされた。その後もユネスコの顧問や大学講師をしながら、人道主義的な作品を書いている。……3

ヘンドリックス(Jimi Hendrix, 1942–1970) アメリカ合衆国シアトル生まれの天才ギタリスト。イギリスのロックバンド、アニマルズのベーシストだったチャス・チャンドラーに才能を見いだされ、1966年にデビューした。驚異的な演奏技術に加え、演奏中にギターを破壊するパフォーマンスや強くパーマをかけたヘアスタイルなど強烈な個性で爆発的な人気を博したが、1970年に薬物中毒を原因とする窒息死により27歳で世を去った。……31

ボウイ(David Bowie, 1947–) イギリスのミュージシャン。20世紀を代表するロック・スターのひとりで、大島渚監督の『戦場のメリークリスマス』(1983)などの映画にも出演している。クレイシは、ボウイが自分と同じロンドン郊外のブロムリー出身で、同じ高校の先輩であることにしばしば言及している。……57

ボールドウィン(James Baldwin, 1924–1987) アフリカ系アメリカ人作家。自伝的な第一長篇『山にのぼりて告げよ』(*Go Tell It on the Mountain,* 1953)が有名だが、その後も人種的・性的マイノリティーを取り巻く問題に大胆に切り込む作品を発表した。『次は火だ』(*The Fire Next Time,* 1963)は、主に人種と宗教の問題を扱った評論集。公民権運動にも積極的に関わった。しばしば国外で生活し、1987年に南フランスで没した。……3, 32, 34–36, 170

マ行

マッキネス(Colin MacInnes, 1914–1976) イギリスの作家・ジャーナリスト。1958年から60年にかけて、ロンドンの移民社会を描いた三冊の小説(『ロンドン三部作』)を発表した。……3

マルコム X(Malcolm X, 1925–1965) アフリカ系アメリカ人の人権活動家。マルコム・リトルとしてキリスト教バプテスト派の牧師の家に生まれる。父の死(白人至上主義者によって殺されたとマルコムは考えていた)と母の精神錯乱により、1938 年に里子に出された。中学卒業後は職を転々としていたが、1946 年に窃盗の罪で入獄し、そこでイライジャ・ムハンマド率いるネーション・オブ・イスラムに入信し、「マルコム X」と名乗るようになった。これは、アフリカ系アメリカ人は白人によって本来の姓を奪われているというネーション・オブ・イスラムの思想に則ったものである。1952 年に釈放されると教団の広報として才能を開花させ、教勢を爆発的に拡大させた。ボクサーのカシアス・クレイことモハメド・アリをネーション・オブ・イスラムに引き入れたのもマルコムだった。黒人差別に反対する一方、非暴力主義を掲げるマーティン・ルーサー・キングを批判した。また、マルコムとネーション・オブ・イスラムは、アメリカ合衆国における黒人と白人の平等よりも、アメリカに住む黒人が独立して別の国家を建設することを主張していた。教団の顔としてもてはやされる一方、教祖のムハンマドとの関係が次第に悪化し、1964 年に教団と訣別した。同年メッカを巡礼したマルコムは、人種と関係なくイスラム教を信じる人びとの姿に感銘を受け、スンニ派に改宗した。その後、アフリカ系アメリカ人統一機構を組織し、アフリカ系アメリカ人の地位の向上、およびアメリカ内外の黒人の連帯を目指したが、ニューヨークで演説中にネーション・オブ・イスラムの信徒により暗殺された。
..........33, 35, 96–97

ミウォシュ(Czesław Miłosz, 1911–2004) リトアニア系ポーランド人の詩人。第二次大戦後にポーランドからフランスへと政治亡命し、スターリニズムに魅了される東欧の共産党系知識人の内面を描いたノンフィクション『囚われの魂』(1953)を出版した。1960 年からアメリカ合衆国へ移住し、カリフォルニア大学バークレー校でスラブ語文学を教える。1980 年、ノーベル文学賞受賞。冷戦終結後はバークレーとポーランドのクラクフで生活し、2004 年にクラクフで生涯を閉じた。..........98, 102, 174

ムハンマド(Elijah Muhammad, 1897–1975) アフリカ系アメリカ人の宗教指導者。イライジャ・ロバート・プールとしてキリスト教バプテスト派の牧師の家に生まれる。1931 年に黒人の権利を説くイスラム教団体ネーション・オブ・イスラムの指導者ウォレス・ファード・ムハンマドと出会って改宗し、のちにイライジャ・ムハンマドと改名する。1934 年にファードが謎の失踪を遂げるとムハンマドは教団の中心となり、過激な言葉で黒人の人種的な優越を説き、白人支配の打倒を訴えた。信徒に徴兵を拒否させた罪で 1942 年から 46 年まで収監され、釈放時には信徒の数も 400 人以下に減っていた。

しかし1950年代には、教団の広報を務めたマルコムXの活躍もあって信徒数が三万人に膨れ上ったという。その後マルコムXは離脱したが教団は発展を続け、学校や食料品店、銀行などを保有するに至る。1975年にムハンマドが没すると息子のワリス・ディーン・ムハンマドが地位を継承したが、教団の穏健化に不満を抱いた信徒のルイス・ファラカーンらが分派を結成した。現在ネーション・オブ・イスラムを名乗っているのはファラカーンの教団である。……33–35

モリソン（ヴァン）（Van Morrison, 1945–）　北アイルランド出身のミュージシャン。1964年にゼムを結成してデビュー。66年からはソロ活動を行っている。……57

モリソン（ジム／ドアーズ）（Jim Morrison, 1943–1971）　アメリカのロックミュージシャン。ドアーズのボーカリスト。ウィリアム・ブレイク、アルチュール・ランボーといった詩人や、ジャック・ケルアックの小説、フリードリヒ・ニーチェの思想に影響を受け、自分でも詩を書くようになる。1965年にドアーズを結成。このバンド名は、ブレイクの詩の一節であり、イギリスの作家オルダス・ハックスリーの著書のタイトルでもある「知覚の扉」（*The Doors of Perception*）から取られている。このハックスリーの本（1954年刊行）には、著者のドラッグ体験が綴られているが、ジム・モリソンは60年代のサイケデリックなカウンターカルチャーを象徴するミュージシャンとして活躍した。1968年の『ニューヨーク・タイムズ』紙によるインタヴューによると、モリソンは自分たちを「エロスの政治家」（エロティック・ポリティシャン）と呼び、コンサートは「セックスの政治」だと述べている。音楽で性的な力を増幅させた演奏者と聴衆は、一体となって新しい世界を作るのだという。代表作は本書30ページでも引用されている「ハートに火をつけて」（'Light My Fire', 1969）。1971年にパリのアパートで死体として発見された。まだ27歳だった。……56, 58

ラ行

ライト（Richard Wright, 1908–1960）　アフリカ系アメリカ人作家。アメリカ南部で貧困と差別に苦しんだ彼は共産党に入党するが後に離党。1947年から没するまでパリに居を定め、サルトルらと交流する。ステレオタイプな黒人イメージを覆し、差別の深層に切り込んだ『アメリカの息子』（*Native Son*, 1940）が代表作。彼の文学的遺産はラルフ・エリソンやジェイムズ・ボールドウィンに受け継がれる。……3, 32

ラシュディ（Salman Rushdie, 1947–）　イギリスの作家。ウルドゥー語の発音と

しては「ルシュディ」が正しい。インドのボンベイ（現ムンバイ）のムスリムの家庭に生まれ、ケンブリッジ大学を卒業。インド独立後の歴史をマジック・リアリズムの手法で描いた『真夜中の子供たち』（*Midnight's Children*, 1981: ブッカー賞受賞）により地位を確立する。しかし、『悪魔の詩』（*Satanic Verses*, 1988）がイスラム教を冒瀆する内容を含むとして、1989 年にイランの宗教指導者ホメイニ師がラシュディへの死刑宣告（ファトワ）を下した。これは現代世界における表現の自由と宗教的なアイデンティティとの齟齬、さらには西洋社会とイスラム教との確執を象徴する事件だった。1991 年には『悪魔の詩』の日本語訳者である五十嵐一が何者かによって殺害されている。なお、2012 年に刊行された『ジョウゼフ・アントン』（*Joseph Anton*）でラシュディは死刑宣告（ファトワ）後の隠遁生活を回顧している。

……3, 6, 11, 17, 92, 150, 163, 173

ラスキ（Harold Laski, 1893–1950） イギリスの政治学者。ロンドン・スクール・オブ・エコノミクスで政治学を教え、フェビアン協会の熱心な会員であり、1945 年から 46 年にかけて労働党の委員長も務めた。彼の社会主義思想はインドの政治家で初代首相のジャワハルラール・ネルー（Jawaharlal Nehru, 1889–1964）に影響を与えた。……45

ラッセル（Bertrand Russell, 1872–1970） イギリスの論理学者・思想家。貴族の家に生まれる。数学・論理学の基礎づけに関する革新的な研究を発表し、ケンブリッジ大学で教鞭を執る。教師としては哲学者ルートヴィッヒ・ヴィトゲンシュタインの才能を見いだしている。他方でリベラルな思想家としても知られ、旧弊な道徳・宗教を批判し、子供の自由意志を尊重した教育の重要性を強調した。徹底した平和主義者で、第一次大戦に反対した際にはケンブリッジ大を追放され、投獄もされている。1955 年には、物理学者のアルバート・アインシュタインや湯川秀樹らと連名で核兵器廃絶を訴える宣言を発表した。名文家としても知られ、1950 年にノーベル文学賞を受賞している。ハニフ・クレイシの『郊外のブッダ』（*The Buddha of Suburbia*）には、ラッセルから「マスターベーションはセックスの欲求不満の解消に最適だ」とアドバイスを受けたおかげで「ずっと幸せな生活を送った」インド人医師ラル先生という人物が登場する（引用は古賀林幸の翻訳による）。……45, 79

リン（Vera Lynn, 1917–） イギリスの女性歌手。第二次大戦中にはイギリス軍を慰問するために世界各地でコンサートを開いた。スタンリー・キューブリック監督の『博士の異常な愛情 または私は如何にして心配するのを止めて水爆を愛するようになったか』（*Dr. Strangelove or: How I Learned to Stop Worrying and Love the Bomb*, 1964）のラストシーンでは、世界が核戦争で破滅するヴィジョンを背景にして、ヴェラ・リンの「また会いましょう」（'We'll Meer Again'）

が流れるという皮肉な演出がなされている。……57

ラマダン（Tariq Ramadan, 1962–）　エジプト系スイス人のイスラム神学者。彼の母方の祖父ハサン・アル＝バンナーは、20世紀最大のスンニ派イスラム復興運動組織であるムスリム同胞団の創設者で、父もムスリム同胞団のメンバーだった。ジュネーヴ大学で博士号を取得後、ラマダンはヨーロッパ各地の大学で教鞭を執り、現在はオックスフォード大学の現代イスラム学教授。……167

レーガン（Ronald Reagan, 1911–2004）　アメリカ合衆国の政治家。俳優から政界に転身し、1967年にカリフォルニア州知事となる。1980年には共和党の大統領候補として出馬、民主党の現職大統領ジミー・カーターを破り、翌年第40代大統領に就任した。レーガン政権はソヴィエト連邦との対決姿勢を鮮明に打ち出すなどタカ派の外交を展開し、経済では労働組合を抑圧し、減税と政府支出の拡大による経済刺激策を推進した。このうち外交面では後のソヴィエト連邦崩壊への道筋を決定づけたが、経済面ではアメリカの財政赤字を増大させた。大統領を二期務めて1989年に政界を引退。晩年にはアルツハイマー病を患った。……148